U0052192

Seba・蝴蝶

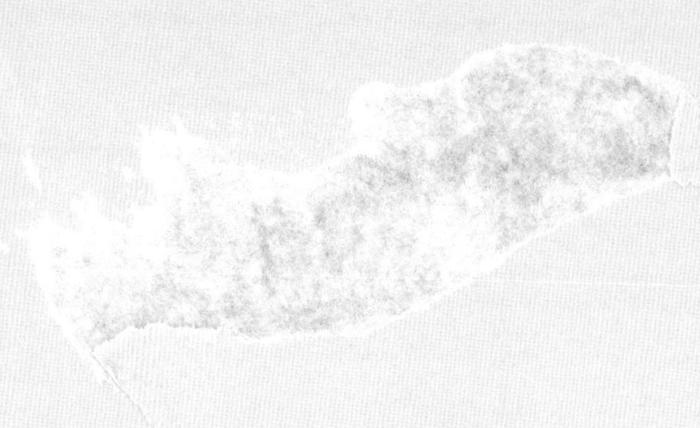

Seba・蝴蝶

Seba・蝴蝶

Seba · 蝴蝶

蝴蝶館 58

臨江仙

Seba 蝴蝶 ◎ 著

寫在前面

這依舊是穿越小說（吧？），但我發現有些笑點（或說梗）沒有事先說明，應該會造成困惑和無法意會的窘境。

所以我先說明一下，只是來處已經不可考，只知道是PTT鄉民間廣為流傳的梗。（呃……我頂多算是百分之七〇的鄉民。）

傳說，男生只要保持童貞到三十歲，就會成為魔法師（或大法師），到四十歲可以轉職成大魔導士，五十歲就會二轉成天使或聖人了。

當然，這是多種說法之一，只是我採取的是這一種。

至於「禽獸不如」，這是個老笑話。

一個男的和一個女的不得已同住一家旅館，不得已睡在同一張床上。睡覺前，女的在床中間畫了一條線，並對男的說：「今晚你要是過了這條線，你就是禽獸！」

天亮了，男的真的沒過那條線。女的醒來之後，給了男的一個耳光，大罵：「你他媽的——禽獸不如！」

先了解一下「大法師」和「禽獸不如」這兩個梗，比較容易進入狀況。

並且附上謝尚書府人物列表。雖然是架空的大燕朝，還是有所謂堂兄弟間的大排行，和單獨自己家的小排行。我在此設定為謝府依小排行而定，而男女排行不同。

謝家少爺依排行為：

謝子玉：嫡長子。七歲時早夭。

謝子瓔：行二，為二爺。原是嫡次，因哥哥早逝成為嫡長。本書男主角，故事開始時為二十二歲。

謝子琪：行三，為三爺，庶子。故事開始時剛好二十，三甲同進士出身❶，外放濟南為知縣。

謝子珞：行四，為四爺，嫡三子。故事開始時十三歲，五歲時就被父親謝尚書送回蘇州老家，由祖父謝太傅親自督導，十二歲時中了秀才。

謝子瑄：行五，為五爺，庶子。故事開始時十二歲。

謝家小姐依排行為：

謝桂芳：長女，大姑娘，庶出。故事開始時十八歲，已出嫁。（在故事裡沒有直接出現）

謝梅芬：行二，二姑娘，嫡出。故事開始時十六，已出嫁。（在故事裡沒有直接出現）

所謂的嫡出，就是由正妻所生。庶出，就是姨娘（或通房）所生。並且名詞解釋一下，公爹，指的就是公公，丈夫的父親。婆母，指的就是婆婆，丈夫的母親。

---

❶三甲同進士出身：殿試第三名者，擁有與進士相同的身分。三甲為明清科舉制度為中舉士子的排名。明清士子需經過鄉試、會試、殿試三關，殿試通過後，前三名者分別為一甲、二甲、三甲。甲為等級之意。

奴僕若跟主子親密些，即使是「少奶奶」也會暱稱為「奶奶」，像是「二爺」會暱稱為「爺」。通常是主子的心腹才會這樣喊。並不是我缺字落句了。

另外說明在這架空大燕朝的妾室設定。

雖說都是妾，但妾分很多種。所謂的「妾通買賣」，指的是簽賣身契的賤妾，通房丫頭就更低一等，介於婢與賤妾之間，有賣身契沒有名分。這都是可以隨意買賣的，通房丫頭通常是尋常丫頭的晉升之途。

但另有良妾，這是簽納妾文書的，官府備案，不可買賣，一般來說是家世清白的姑娘，非大故不能隨意休棄。

而妾的最高等級是貴妾，只略低妻室一等，可自稱妾身，無須跪拜。通常是姐為妻、妹為貴妾，或者是和夫家關係很親密的表妹、表姊之類，通常是世家良好的庶女。貴妾在妻室過世後可扶正，妻室無嫡，貴妾所生無須記名可為嫡子。

要出良妾手續比較複雜，出貴妾就堪比妻室需合七出之條。

良妾常有，貴妾就不常有了。

雖說常說「三妻四妾」，但自古以來歷朝代幾乎都是一夫一妻多妾制，大燕朝也是如此。大燕律為了確保妻室地位，特別列律，除非妻妾皆無子嗣，特備案官府迎平妻❷，由正妻室出媒迎納，不然是很難得有的。

希望這樣的說明，能讓讀者閱讀時減少一點吃力的感覺。

❷平妻：一夫多妻制度下的親屬稱謂，在元配之後，又迎入一正妻，即稱為平妻。等同於有兩位大老婆之意，但地位仍稍低於元配。（摘自於維基百科）

臨江仙

「……姐，妳說他們是不是欺負人？」一個豔光四射的少婦哭得可憐，「一個兩個往我們房裡塞人……我們成親半年有沒有？有沒有?!婆婆居然還嫌棄我沒懷上……我我我……」

顧臨抬眼看了看梨花帶淚的顧姝，心裡嘆了口氣。白長了好樣貌，腦袋缺的弦卻不少。好在心眼實，認定人就一心一意的好。

「嫡母婆婆，事情總是多些。」她淡淡的開解，「妳家四郎又有本事，她拿捏不上，只好拿捏妳。」

「婆婆我也就忍了，那些嫂嫂弟妹全是些壞種，連嬸娘、伯娘都往我房裡塞人……我什麼要受這種窩囊氣?!」顧姝的聲音高了起來。

「……四郎怎麼說？」

顧姝更生氣了，死命絞著帕子，「他竟然說……既然給我們送丫頭，那就全收了吧……這死沒良心的！」

沒料想，顧臨屈起食指，就賞顧姝額頭一個爆栗。

她委屈的摀著額頭，眼淚又湧了出來，「姐……四郎是妳表弟，可我是妳妹妹！」

「就是，我怎麼會有妳這麼不開竅的妹妹。」顧臨翻白眼，「妯娌嬸娘給你們送丫頭使，又不是送妾，為什麼不收？不但要收，還得去追著要身契。四郎身邊一堆夥計掌櫃都沒成親呢。」

顧姝緩緩張大美麗的眼睛，訕訕著，「……四郎這死人頭就不會說清楚點。」

「內宅的事情他一個大男人……」顧臨發悶，「算了。妳這樣的性兒，也就他能容得下。」

尋思一想，顧臨也有點來氣。顧姝是她最小的庶妹，當年她拖到十六實在拖不下去了，不得不嫁去謝家，沒能把顧姝帶在身邊提點。顧夫人陳氏不是個大度的，硬生生把這個庶妹拖到十七還不聞不問，顧姝的婚事還是她做的主。

俗話說，不看僧面看佛面。他們陳家也就四郎那個庶子撐著罷了，其他都是一窩紈褲，尋花問柳之輩。願意把顧姝給他們家，那是四郎爭氣，不然她還看不上眼呢。

睇了一眼低頭自慚的顧姝，她的心也一軟。「來而不往非禮也。雖說長者賜不敢辭，但小輩的總得有孝心是不？誰家送幾個丫鬟妳記好，妳讓人牙子送幾個絕色來，加倍送回去，而且誠心誠意的連身契一起送了……讓四郎直接送到兄弟叔伯手底，懂不？」

顧姝只是性子直些，並不是笨。她跟四郎正蜜裡調油的新婚，眼底哪裡容得下沙子，這才關心則亂的鬧起來。一直都仰慕倚賴的嫡姐這麼一講，她也想通了。

「這、這樣好嗎？我那婆婆也送了兩個……」她訥訥的問。

「那就送八個給舅舅。」顧臨連眉毛都不動一動，「一家子敬著，哪能公婆的禮相同的？自然是厚一倍。人妳要好好挑，不漂亮都絕對不要！錢不夠姐給妳，放膽兒送！」

一想到那群絕色丫頭進了妯娌嬸娘的房，和婆婆與公公間的大戰……顧姝沒忍住噗嗤一聲，越笑越歡，原本嬌豔的容顏更流光燦爛。

高，真是高！她這個嫡姐從小就心智過人，果然是記釜底抽薪的妙計！

只是一環顧室內，顧姝又黯然神傷了。她這嫡長姐，怎麼就配了那麼個東西，那樣有謀略的人，偏偏是個女身。被陷害得在寺裡清苦抄經，為個姨娘肚子裡不知道是男是女的小雜種祈福！

「姐，妳是堂堂謝家長房嫡孫夫人，怎麼……」說著又抹起眼淚。

「山上挺好，涼快又舒服。」顧臨淡淡的，「要不是我在這兒抄經，妳方便來討主意？妳不要總鬧四郎，多少情分就是這樣白鬧完的，懂不？誰也沒妳夫君可信，姊姊幫妳挑的這個人，一定是千挑萬選過的。不信他妳也得信我。」

顧姝面紅耳赤，蚊子哼哼的說，「也就、就姐面前敢放潑……在他面前，我連問都不敢問……」

岔過話題，顧姝讓他繞得暈了，也忘了問嫡姐為什麼不把這手段施展開來。在她心目中，憑嫡姐的這手腕，連皇帝都降得服了。

娘家這幾個弟弟妹妹，總算是都該嫁的嫁、該娶的娶了。顧臨默默的想。謝家的小叔子、小姑子，也剩下最後一個庶出的幼弟，今年也十二了，公爹倒是讓她掌過眼，姑娘是個殷實誠懇的，大概也要定下了。

明年被出婦❸，就不怎麼牽連顧謝兩家的兒女婚事，也算是大善。

研了墨，她繼續抄經。她那婆婆不是好相與的……雖說五年無出，這件事情只能怪她兒子不能怪她，可兒子是自己生的，媳婦是外人，該怪誰不言而喻。

不是顧臨機靈，恐怕當場就休書一張扔出謝家呢。她是沒什麼，但娘家的名聲全毀了，祖父祖母身體又不好，氣出個好歹怎麼辦？

只是千防萬防，沒防到自己身邊的陪嫁丫鬟。更沒防到內神通外鬼，陪嫁丫鬟聯合懷孕的王姨娘，演出一場「主母暗害謝家子嗣」的好戲……要不是她腦袋靈光，口齒伶俐，自請賣掉自己院子裡所有僕奴，連陪嫁丫鬟和陪房都賣個乾淨，又自願上山清修，抄經祈福七七四十九天……早就成了最不名譽的下堂婦了。

下堂婦也是分三六九等的，她可不要當那種最下等，白擔個惡婦那種鬼名頭。

想當初，謝二爺不想娶，她又何嘗想嫁？除了洞房花燭夜不得已，草草了事，這五年謝二爺一步也沒踏進她的院子。後院可是一房納過一房，通房丫頭無數，風流快活得很。

顧臨倒覺得這樣也好。婆婆年富力壯，熱愛管家這大權。丈夫有跟沒有一樣，省心得很。反正這個十二歲就識風月的浪蕩子，一院子女人，誰的肚子都沒鼓起過。

就縱唄。男子不孕往往是因為過早識風月，縱色過度，子嗣上必定艱難。王姨娘能懷上也真的是極有本事，不得不佩服。

只是針對她這個空頭少奶奶真是腦筋缺弦兼缺心眼。是啊，大燕朝民間慣例，六年無兒女就合七出之條，不過也不是那麼冷酷無人情味，通常是親家間商議和離了事。

以為把她弄走了，就可以扶正？王姨娘是睡太好白日做夢了？

謝家公爹是誰？禮部尚書！她就沒見過比公爹更要臉面的人。扶正？別鬧了，以妾作妻這種事情就算六月下大雪都不可能發生。還想母以子貴？嗤！

再說生不生得出來還是兩說呢。她向來不摻和那群妾室通房的破事，但不代表她

❸出婦：休妻之意。

不知道。反正謝二爺就愛看女人為他捻酸吃醋，興趣很特別，她奉陪不起，眼不見心不煩。

而且人家雖然好色，但也膽子大心夠黑，掙得起銀子，養得活一院子鶯鶯燕燕，時不時除舊布新……賣人買人就跟市場挑白菜一樣舉重若輕。這天性之涼薄真是令人嘆為觀止。

好在正妻是不能買賣的，不然早讓他賣到天涯海角去。

再一年就能離了這隻豺狼，真是千幸萬幸額手稱慶。

這種關鍵時刻，特別不能被王姨娘肚裡那塊肉給牽連進去。所以她才會這麼賢慧又有自覺的上山祈福。照她婆婆那麼厭惡她，說不定讓她七七又七七，直到王姨娘順產，最好是直到滿六年才回去和離了事。

她是想得很美很樂，可惜有句話叫做人算不如天算。

就在她小妹拜訪後沒幾天，謝家十萬火急得派了車輛人馬，將她恭迎下山了。

她在馬車上聽婆婆身邊最受倚賴的呂嬤嬤小心翼翼的言說，饒是她這麼理智淡然的人，臉孔都控制不住的抽搐了兩下。

謝家長房嫡孫，謝二爺謝子瓔，在楊柳胡同被人打破腦袋。死是沒死，只是醒來卻瘋傻了。

「楊柳胡同？」顧臨淡淡的問。

「二少爺是被人拉著去的……」呂嬤嬤的聲音越來越小。

顧臨的太陽穴突突的跳了兩下。楊柳胡同……那可不是煙花柳巷的銷魂鄉麼？禮部尚書的長公子在那種地方和人爭風吃醋打破了頭……公爹一定恨不得親手掐死這個逆子，連她都想弒夫。

都察院的御史沒事都要風聞了，何況有事？就算不議御史，光這件事情大概也傳遍京城，成了家家戶戶的笑話。

官宦人家暗地裡男盜女娼沒事，但死得這麼明面沒光彩卻是大大的有事！

她深深吸了一口氣，卻沒繼續問下去。只閉著眼睛想心事。

那麼厭惡她的婆母，會這麼隆重的把她迎回去……想來二爺的狀況非常糟糕，糟糕到不行。人若好好的麼，那麼顧臨這個少奶奶隨時都能丟，再娶好的就是。現在人瘋了傻了，官宦千金又不是腦袋長蟲，還會想嫁進來。長房的嫡長，也就這麼一個二爺，唯有的子嗣呢，也就是王姨娘肚子裡那塊肉。

雖說婆母還有個親生的珞哥兒，今年才十三，又遠遠的養在蘇州老家，未來的事誰敢說？長房無嗣，這問題不是普通的大。

這個時候，顧少奶奶就意義非凡了。只要她肯把孩子記在自己名下，長房就有嫡子，其他庶子就沒想頭了。

應不應呢？

她瞬間拍板，應！不但要應下來，而且要把王姨娘塞去婆母那兒看管，她專心照顧這個瘋傻了的謝二爺！

從很小的時候，她就明白一個道理。一切的陰謀詭計，都只是一時的，早晚會曝露給自己帶來無窮麻煩。八歲以後，她是祖母親自教養的，事事踩緊了「禮法」，站住了「理」這個字，就能夠堂堂正正的陽謀，立於顛破不敗之地。

夫是出頭天，她親自侍疾，是不是這個理？是！那她沒有工夫照顧王姨娘，求婆母代勞照看謝家子嗣，更合情合理吧？沒錯！

她院子裡的人都賣光了，手上沒有一兵一卒，相反的，也沒人有機會給她下套兒。王姨娘又是婆母親自照看的……出了任何事情，就是婆母的責任，跟她一個銅板的關係都沒有。

至於瘋傻的謝二爺……那就不是什麼大問題了……最少對她而言不是什麼問題。鉅細靡遺的過了一遍，組織一下該有的言辭，順便振作一下這些年懶散下來的心眼，回到謝府，表情已經調整到位，哀戚而不失莊重的去見了公婆。

以前她真的是懶，沒勁兒。謝二爺真是太會做了……他們訂親時，十四歲的謝二爺就去她家踹大門，揚言不娶破鞋……只因為顧臨之前曾訂過一門親事。

怨天怨地也怨不到她啊！誰知道她之前訂的那位少年郎太有出息，一甲榜眼，結果人家公主看上了，不退親行嗎？皇帝也不好意思，不敢說指婚，只暗示著替她覓了謝府這門親事。

結果人家謝二爺不願意，還來踹門罵街了。

天曉得那位榜眼郎，她連見都沒見過，何來破鞋之說。

十三歲訂親，她咬牙硬拖到十六歲才嫁，就是知道不會有好日子過。幸好她生性淡泊，自己還有個養花蒔草、製作香藥的嗜好，沒事琢磨黃老之術，別個女子不來個抑鬱成疾或自縊投水才怪。

現在情形可不盡相同。她不想攪和破事，就得打起精神。

事實證明，她若打起精神來玩心眼，就算是為官多年的官油子公爹，都能讓她唬得頻頻嘆氣，內疚萬分，婆母更是淚漣漣，拍著胸脯接下照顧王姨娘的重責大任。

於是那個瘋傻的謝二爺就落到她手裡發落了。

不是不報，時機未到啊。果然天理昭彰。

原本摩拳擦掌要好好「招待」一下二爺的她，卻發現二爺院子裡所有的大丫頭、婆子、嬤嬤都如臨大敵的站在院子裡抖衣而顫，幾個小廝戰戰兢兢的守在上了大鎖的正房。

正房裡霹哩趴啦，熱鬧得緊。

只聽說瘋傻，沒想到是這麼瘋啊……顧臨眨了眨眼睛。她傾聽了一會兒，是二爺的聲音沒錯……但卻聽不懂他在說什麼，語氣非常急促。

她要小廝開門，膽子大點的婆子上來顫顫的說，「少奶奶小心……已經躺下五個人了！小豆子還斷了手！」

這個酒色過度、體虛神頹的謝二爺幾時這麼神勇了？顧臨一肚子納悶。

「鬧多久了？」她問。

小廝顫聲回答，「一個多……時辰。」

顧臨點點頭，「沒事，把門打開。」就二爺那副破身子，鬧騰這麼久也該沒力氣了。

但小廝卻抖著手，半天插不進鑰匙孔。她看得不耐煩，一把奪過，揮手叫所有人下去，該幹嘛幹嘛……看這群比她還小姐的下人，她早就知道沒能指望。

結果所有奴僕退得遠遠的，還是伸長脖子張望。

顧臨沒費什麼力氣就把鎖開了，一推門進去……就是一拳。她想也沒想，揮袖絞纏，順手彈在二爺手肘的麻筋，一腳踹向膝彎，二爺勉強的踉蹌幾步，居然沒跪倒。

二爺幾時會武？顧臨心頭詫異。

他按在沒翻倒的紅木桌上，氣喘吁吁的看著顧臨，急促的說了幾個字。

顧臨兩手一攤，「聽不懂。」

結果二爺望著她發呆，她也望著二爺深思。二爺說的話她雖然不懂，但她以前隨著祖母理家，曾見過幾個北方來的管事。腔調麼，滿像的，但她也真沒懂過北方話。

瞥了瞥二爺的耳垂，那個鮮豔的硃砂痣還在。可見不是扛錯回來的。她回來聽得比較詳細，知道二爺打破頭以後有一度很危險，都斷氣了，後來是太醫高明，硬把人救回來。

撇開這個你不情我不願的夫妻關係，她還真覺得二爺這個人很特別。只沒想到瘋傻也別具一格。

結果發呆的二爺深深看了她一眼，沾著倒了的茶水，寫了一個「餓」。

咦？瘋傻到話都不會講，倒還記得怎麼寫字？

顧臨上下打量了一會兒，也沾了茶水，寫了一個「好」。然後揚聲喚人去準備膳食。

二爺盯著那個「好」字，突然衝上來握著她的手，激動得哽咽。她尷尬的甩了兩次沒甩掉，看他一副搖搖欲墜，乾脆順手將他扶著坐下，拍拍他的胳臂，順勢把自己的手搶救回來。

結果嚇破膽的奴僕只敢把食盒提進來，二爺一搶過去立刻跪下磕頭求饒，顧臨只覺得頭疼，揮手讓他們把砸得一塌糊塗的正房收拾收拾，就坐下來看舞筷如飛，像是餓了一輩子的二爺。

現在是可以好好「招呼」他出氣了……但他抬頭，露出一個羞赧又討好的笑，舀了一碗粥，往她那兒推了推。

出手不打笑臉人。這個時候揍他麼……有點勝之不武。

顧臨深深的為難起來。

*　*　*

原本風流得幾乎是下流，囂張跋扈的二爺，現在成了貞節烈婦，丫頭要幫他脫衣服侍沐浴，就全身緊繃得幾乎擰出殺氣，緊緊抓著衣襟，嚇得丫頭下跪哭著磕頭。

顧臨覺得自己的頭痛得更厲害了點。

她悶悶的讓人拿了個銅鏡和打花樣子的炭筆，寫了行字告訴他，丫頭只是要服侍他入浴。

二爺搖頭，歪歪斜斜的寫了一行，說他要自己來。

好吧。你是爺，你說什麼是什麼。顧臨要幾乎哭癱的丫頭出去，悶悶的在屏風外等著。果不其然，連話都不會講的二爺，非常不好意思的喚了幾聲，猜也猜得出來，大概是不會穿衣服。

探頭進去，褻褲和中衣倒是會穿了，只是穿得鬆垮。其他就沒轍了。

這個侍疾……沒想到要侍到帶孩子的地步。

兩害取其輕。比起跟姨娘和通房混戰，帶孩子總是比較省心的。

而且這個「孩子」還是聰明點兒，教過兩次就能自己穿衣了，也不用把屎把尿。甚至還能跟著她牙牙學語，只是腔調重得很。不過能夠跟公婆請安，含糊不清的喊爹和娘，已經能夠讓公爹虎目含淚，讓婆母抱著兒啊肉啊的哭個不停。

但她很悶，非常悶。

對自己的爹娘，二爺還是時時刻刻的保持十二萬分的戒備狀態。其他下人，根本不要想靠近他三尺之內。他唯一能放鬆順從的，只有這個以前最厭煩的少奶奶，一沒見到人就惴惴不安。

顧臨嘆氣，只能嘆氣。

說到底，就是下人大都不識字，她偏偏就是識字的那一個。雖然他的問題總是很奇怪，問今年是什麼年代啦，皇帝叫什麼名字啦，還問過「我是誰」這種蠢到極點的問題。

最莫名其妙的是，他居然還問國號……知道是大燕朝，其震驚不信和失落，完完全全就寫在臉孔上，足足兩天失魂落魄。

饒她聰明智慧，還是百思不解。

後來就不想費那些心思了。二爺死裡逃生，謝家卻焦頭爛額。先是被御史惡狠狠的彈劾了一番，公爹差點把官給丟了。然後娘家的祖父母和弟弟妹妹也不幹了，上門興師問罪，又添一亂。

內憂外患，王姨娘又貪嘴吃螃蟹差點把孩子給吃沒了，謝家真是精彩紛呈，熱鬧滾滾。

好不容易打發了嚷著要她和離回家的娘家人，結果陳四郎又上門了，她不禁臉一垮。

「……四郎，你跟著來添什麼亂？」她在二門外的小花廳見這個名義上的表弟和實打實的妹夫，覺得挺疲倦的。

別人都好打發，但這個和她沒有血緣關係的庶表弟，卻和顧臨有點像……屬於那種心眼太多，年紀輕輕就得吃天王補心丹那種。

「表姊，我哪敢來添亂？」四郎笑，「該送帳本兒了，我可不敢拖。」

顧臨嘆了口氣，「不用看了。你不會訛我，真要訛我，我把帳本掰碎了也找不到哪兒被訛。」

「哎，早知道表姊不看帳，我就多訛點給阿妹買胭脂。」四郎打趣道。

顧臨也難得的笑了。

她這表弟，是姨母家唯一的庶子，是個丫鬟生的，連通房都沒掙上，就產後風死了。姨母家和顧家離得近，小孩子幾乎都是玩在一起的。顧臨是顧家第一個孩子，嫡長女，弟弟妹妹幾乎都是聽她的，不跟著其他表哥表弟欺負四郎，甚至還多有照料。

不是她磨著祖母開口讓四郎去讀了幾年私塾，這個表弟真能讓姨母養成大字不識的睜眼瞎。

四郎是個聰明的，知道大表姊私下的照顧，很慎重的去狗腿一番，卻讓顧臨罵了一頓。

「我幫你和照顧庶弟妹，意思都是相同的，只是指望著你們記得這一點好，別記恨自己家。一筆寫不出兩個顧，同樣一筆寫不出兩個陳。上一輩的事兒輪不到我們小輩說嘴，但自己兄弟姊妹不能抱成團，長大靠誰去？打虎親兄弟，上陣父子兵。你只要刀刃不往著自己家，我永遠是你大表姊，能拉拔我一定拉拔你。

就是這麼一點小意思，你可不要以為我是真好心！」

結果這個聰明到極點的表弟，再也沒有說過一聲謝，卻十三、四就跟著管事跑腿，沒幾年就把陳家產業管起來，現在顧臨手底的嫁妝鋪子也是委給他的。

「香藥鋪子真出彩了，有人來提上貢的事兒，我沒應……表姊怎麼看？」四郎問。

「沒應是對的，咱們不缺那點小錢。」顧臨點點頭，「成貢品當然名字好聽，利錢又厚，但香餅子、香丸那些小玩意兒，卻容易動手腳……宮裡出點事，那就是禍延宗族了。若有貴人硬要，捨了也無妨，橫豎方子在我手上，又不是只有京城才能開鋪子。」

四郎笑著點了點頭，「表姊若是從商，別個人都不用活了。」

「你這狗腿去應酬別人吧，應酬我浪費了。」顧臨嘖了一聲，「阿妹還鬧不？她就是有點缺心眼兒，你多擔待。」

一直很從容的四郎一下子臉紅了起來，「阿妹……哪會跟我鬧。待我再好也不過了。受了氣也是憋著，躲著哭……還怕我看到。」

「你不怨我把這缺筋少弦嫁給你就好了。」顧臨淡淡的說。

四郎低頭笑了一會兒，「表姊，回頭弟弟送你幾罐補心丹算了……心眼賊多。明明知道，我這輩子最想要的就是……有人要緊著我，跑前跑後照應著，噓寒問暖，頓頓有人熱著菜飯等，眼底心底也就我一個。阿妹是性子直，爽利。」

他的臉又紅了紅，聲音也小了點，「我這身，從頭到腳，通通是她親手縫的，回到家，只繞著我轉。」他的聲音更小，「我都有點不想她生孩子。」

顧臨有點感動，拍了拍他的肩。

這個名義上的表弟，一直都被自己兄弟姊妹排除在外，吃穿用度是差不離，姨母也是要臉面的。聰明的人會把目光盯在富與貴，但太聰明的人反而會去追求另一種更本質的東西。

在外面鬥心眼已經鬥到殆欲斃然，回到家就希望看到一張燦爛笑容，唧唧呱呱問他餓不餓、渴不渴，都不讓丫頭沾手，歡歡喜喜的陪在他身邊，心實得不能再心實的單純。

四郎一揖到地，「大表姊，謝您把阿姝給了我。在此一諾，絕不敢欺騙大表姊，我此生絕不討小！阿姝管不來，我也不要自己的孩子讓人說上一輩子的婢生子！」

「你這心眼要到我這兒，羞不羞你？你直接回家跟阿姝講去豈不是更好？保證把自己的心掏給你……知道了，賊廝漢。就怕阿姝聽了怠慢你？要待罵你兩句，我心眼缺到飽的妹子，還真有那麼點性子，不罵你兩句，又替妹子不值。」

四郎做小伏低，「大表姊且饒我這遭……京城的生意也就這樣了，嫡母又有意分家。我想帶著阿姝往蘇杭去……」

「杭州吧，老陳家也在那兒，去了沒人說嘴兒。有些利當捨則捨，修修祠堂，和善和善族裡關係……族學也整頓整頓。還是那句老話，遇到了，搭把手，自己心安，未來的路才能越走越寬……畢竟同族，同樣姓陳。」

「大表姊把我的話都講乾淨了，我還能說什麼？」四郎無奈的笑，想了想，還是提了，「這蘇杭的事……我也不是使力一年兩年。表姊夫若真的……還是替自己打算為好。若京裡不自在，阿姝一個人獨得很，姊姊來教教她也在情理之內。」

顧臨默然了好一會兒。想當初……她也曾經跋扈囂張，瞧不起庶子庶女。若不是讓她親眼見了父母的真面目，將她嚇得大病一場，從此失去父母歡心，讓祖母教養，或許她不會抱著歉疚和彌補的心態照顧底下的弟弟妹妹。

孩子們在家，頂多短短十幾年。真能風雨共濟，也就是自己手足。

她另一個嫡妹對她很不以為然，當了個閒散王爺家的世子側妃。原本就是高攀，又硬氣的只跟爹娘說苦楚，哪個庶弟或庶妹稍微過問就勃然大怒。

人與人的緣分，真不是血緣厚薄來論處的。

「倒好。」顧臨笑了笑，「萬一真離了謝府，也不用急吼吼的出家。十來個兄弟姊妹，天南地北玩上一圈子，一輩子也過了……只是我園子裡的花沒人澆。」

四郎被她說得哭笑不得，「我負責，成吧？定給大表姊找個福地洞天，把妳這些寶貝從謝家一株不落的騰出去。」

「表弟這麼識趣，我還能說什麼？」她令個小丫頭搬了盆蘭草來，姿容端秀，渾然天成。

「不是什麼名種，留著給阿姝玩吧。當年沒教會她什麼，倒偷誑了我幾手養蘭。」

四郎原本還想說什麼，還是嚥下了。這世道，對女人總是不公的。若是為妻的瘋傻，七出的惡疾，就把人扔出去。這為夫的瘋傻，女人也只能忍著顧著。

「有什麼事，大表姊差人來說便是。」四郎站了起來。

「哪能跑了你這苦力？放心就是。」顧臨笑了笑。

和四郎談了好一會兒，自己培養大的表弟兼妹夫就是這樣好，不會瞧不起女人。能夠有商有量的談生意的事情，偶有歧見，也能夠心平氣和的以理服人。

錢嘛，誰不喜歡？可太多的錢是禍非福。尤其是京城這個地界兒，王孫勛貴橫行，他們這些親戚們看著官不小，其實根基淺薄，誰也惹不起。平平安安做點小生意就是了，她會開那家香藥鋪子，是有個位置太偏的鋪面租不出去，她一直對香藥有興趣，自己琢磨許多，擱著也是擱著，乾脆讓四郎去尋個掌櫃和夥計開起來。

誰知道，酒香不怕巷子深。她自家琢磨的香藥因為物美價廉，四郎又乾脆搭了個荷包兼著賣，生意好得出奇，也越發出名了。當初四郎和她就警覺起來，不再添新方，荷包的樣式也守舊不翻新，但還是架不住貴人來談進貢的事情。

算了，早回本了，賺進來的銀子也過得去了。存貨是不給的，但香藥工坊連人帶工就不用小氣了，連那疊香藥方子都不可惜，還可惜什麼？

四郎自會去談個最合理優渥的賣斷價，這倒是不讓人擔心的。

只是方方面面要商量，不免談得久些。等她回到二爺的院子浩瀚軒，一踏入正房，愕然二爺一臉哀怨的看著她，房裡居然沒人伺候。

銅鏡炭筆畢竟是一時權宜，而他們這個二爺，字是還認得，毛筆卻不會用了，一紙張牙舞爪，神仙也看不懂。後來還是她想起裁剪時打樣用的粉墨，一方紅木板子，寫得清楚，擦得乾淨，省了多少紙張和心力。

二爺一揚紅木板子，大大的寫了一個「渴」。

人哪，有什麼千萬不要有病。顧臨感慨著，揚聲讓人去傳茶，幾個大丫頭不情不願的推推搡搡，誰也不想在爺面前。

這四個大丫頭呢，雖然不敢說詩詞歌賦，但每個都識字。以前麼，人人想盡辦法往前湊，現在人人奮勇往後退。爺還是同一個爺，但誰也不想跟個瘋傻的爺拴在一起不是？

顧臨沒好氣的讓她們把茶放桌上，照顧著二爺喝了，看也沒看那四個千嬌百媚的大丫鬟，自己去茶水房吩咐了值班的小丫頭，然後把管家娘子叫來。

「我不管她們是家生的還是外面買的，」顧臨淡淡的說，「連爺一口水都伺候不上，我不敢用這樣的千金小姐。趙班家的，妳帶著去回了夫人，隨便怎麼發落，就是爺的院子不敢留。記下了？」

這四個大丫頭裡頭就有趙班家的姪女，二爺院子輕省錢多，雖說是瘋傻了，那不是更好哄了？說不定還能掙個姨娘呢！少奶奶是個不得寵、性軟不計較的，下人也沒幾個真把她看在眼底，趙班家的當然也不例外。

「唷，少奶奶何必這麼大的氣性兒，有什麼不是……」然後她覺得肚子一疼，眼一花，結結實實的摔疼了屁股，坐在院子裡發愣。

也就一眨眼的工夫，那個不言不語軟性子的少奶奶，將她從堂屋踹到了院子裡了！

「殺人啦殺人啦！哎唷，老奴在謝家幾輩子做牛做馬的臉兒都丟盡了……」趙班家的坐在地上拍著大腿又哭又罵，聲音真是一聲比一聲高。

只是高沒幾聲，一只甜白瓷茶碗命中額頭，潑了一臉的茶葉和水，混著慢慢流下來的血。

「就是殺妳這沒有上下、不遵禮法的老刁奴怎麼了？」顧臨語氣很淡，很平靜，像是在說「今年春蘭開得晚」那種語氣，「去把李大總管找來。問問這謝家是奴才的謝家，還是主子的謝家。」

李大總管聽到小丫頭上氣不接下氣的傳話，額頭的汗刷的流了下來。這話也……太誅心了，趙班家的實在捧高踩低……現在好了吧？人家棉裡藏三寸釘呢！連他都帶累上了！

匆匆跑去浩瀚軒，一院子鴉雀無聲，只有趙班家痛哭的聲音。

「少奶奶，小的來遲了……」李大總管哈著腰上前。

「我不要聽。」顧臨淡著臉擺手，喊了個在旁邊看熱鬧的灑掃丫頭，「跟你們李大爺講講，我出去會個親戚，二爺連口水都沒得喝的事。」

這個灑掃丫頭長得不怎麼樣，但口齒伶俐，沒去當個說書的女先兒可惜了。不過倒也把事情說得明明白白，一點細節也沒落下。

顧臨終於淡淡的沁出笑意，「以後妳就叫甜白，提二等在我身邊幫著伺候爺。李爺……」

「老奴不敢！」李大總管撲通一聲跪下了。

「李大總管，我白丟了一個甜白瓷，收了一個甜白丫頭，提二等，要不要你同意啊？」顧臨皮笑肉不笑的問。

「少奶奶折煞老奴了，」李大總管磕頭，「二爺院子的事情，自然是少奶奶作主！」

「李大總管別這麼折騰自己，像是我這少奶奶不容人。」她虛扶了一下，剛剛上任的二等丫鬟甜白，十二萬分之有眼色的上前扶起李大總管。

「那就麻煩李大總管處理一下。」她端茶，李大總管忍著一背的汗，領著四個大丫頭和趙班家的退出去了。

回頭一看，二爺上上下下的打量她，眼底滿是驚奇。

暗嘆一聲，這都午時了，居然還沒傳飯來。這滿院子都是些什麼東西……她命甜白點幾個小丫頭去提飯，屋子裡只剩下還在打量她的二爺。

一時沒忍住，戳著二爺的臉頰嘀咕，「讓你囂張，讓你下流，讓你沒出息……你怎麼不乾脆死在女人的肚皮上？也省得現在零零星星的被欺負……本姑娘才不想替你出頭！」

二爺躲了幾下沒躲過，鬱悶寫板子，「妳說啥？還有……妳會武功？」

顧臨給了他一個充滿輕視不屑的眼神。她這點兒防身，也就是後宅裡不讓人輕易打了去，敢說什麼武功？

但看他一臉希冀，不免有些惡作劇。

「你想知道？」她在紅木板子上寫著。

二爺點頭，眼中有著隱隱激動的光芒。

顧臨笑了，還是頭回笑得這麼燦爛美麗。二爺怔怔的望著她，好一會兒才低頭看紅木板……

她龍飛鳳舞的寫著，「我才不要告訴你。」

「……」

*　*　*

這絕對是個爛攤子，不管是浩瀚軒還是二爺的身子骨。

理論上，浩瀚軒是長房嫡孫正房，所以下人也是最多的……應該住在這裡的少奶奶，卻只在這裡住了一個洞房花燭夜，就讓二爺發配邊疆，去最遠最荒蕪的梧桐院，二爺的衣飾行當庫房的確是在這兒，但他多半在群芳苑的各個小院子和姨娘風流快活，難得在這裡睡上一晚，頂多就是來換換衣服理理帳。

所以就能知道這個幾乎沒有正經主子的浩瀚軒，能夠亂到什麼程度了。

以前顧臨可以視而不見，現在她就在這裡侍疾，不管也不行。只是她真懶得慢慢收攏人心了，乾脆來個威力鎮壓，反正後宅這群女人動口不動手，動手也只會扯頭髮、抓臉皮，非常沒招。跟她們扯皮一百句，不如果斷的踹一腳。

只可惜白賠了她最喜歡的茶碗。

她八歲上就由祖母親自教養，當初祖母就讓她選兩條路：一條是琴棋書畫，學得大家閨秀的嫁出去。另一條就是學管家、防身、岐黃（醫術），再加個廚藝就頂天了，而且她起步已經太晚，就算勤懇不懈，到出嫁也只懂皮毛而已。

她毅然決然的選了第二條路。顧臨親眼見過宅門之內最冷酷血腥的一面，偏偏那個硬灌魏姨娘毒藥的，是她親生的娘，衝進來和她娘大吵大鬧的，是她的親爹。但她爹娘大吵特吵，卻沒有人瞥一眼在地上翻滾掙扎哀求救命的姨娘。

原本只是個小小的惡作劇，卻讓她目睹了非常可怕的一面，她嚇得撞倒屏風逃了出去，回到自己院子大病一場。就在她大病的半個月，不但那個魏姨娘「暴病」而亡，魏姨娘生的一對才三歲的雙生子，也被發現淹死在荷花池了……

就是這個時候，祖母剝奪了娘親的管家之權，禁止父親再納妾。也是那個時候，她遭了父母親的厭惡，讓祖母帶到身邊親自撫養。

她會善待庶弟妹們，事實上是一種深深的內疚和害怕，更是一種替父母贖罪的心理。後來她慢慢長大，也慢慢明白母親帶著侍女們毒殺魏姨娘，是有其遠因近果……

不是東風壓倒西風，就是西風壓倒東風。心高氣傲的母親的確被專寵又心機過人的魏姨娘欺壓得狠了……

但循因究底，真正的罪魁禍首，不就是那個置身事外，一副不干我事的父親嗎?!

女兒苦，女兒家真的苦啊！父母之命，媒妁之言，為妻為妾者，誰能說一個不嫁？把這些女兒家弄了來，冷眼瞧著她們自相殘殺……這全天下的男人心肝是什麼做的？

難怪祖母教她，想當個賢良婦人，就得把自己的心收緊。丈夫可以敬、可以諂、可以親近，但絕對不能愛也不能信！不把自己的心守好，這個賢良婦人是絕對做不成的。

讓祖母打磨過，她自信可以當個賢良婦人，宜家宜室。可惜遇到這麼個東西……不過這麼個浪蕩子，雖然冷落無視她，卻也沒讓任何妾室通房來騷擾凌辱她。

光光這點，就比她自己的父親好多了。

揉了揉額角，她冷眼看著指揮幾個小丫頭打理內外的甜白。十二歲的小姑娘，倒是口齒伶俐、思路清晰，卻沒有那些大丫頭那種半小姐的嬌與傲。還知道重義氣，以前同灑掃的小姐妹拉幫結派的都帶過來，粗笨是粗笨點，但肯做事賣力氣，就比那些半小姐強多了。

攘外必先安內。當初祖母扔了女訓，反而教她兵法，她還覺得糊裡糊塗。現在年紀大了，才發現祖母的確真知灼見。在後宅裡過日，女訓只配糊窗縫子。

甜白年紀還不大，若培養得出來……她手下就有一個大帥。帥統將而將統兵，事事躬親乃是最下乘的，智者不為。

嗯，多看幾個好了，孤帥不成軍。先拘在眼前考核考核，人都是能用的，就看君主怎麼個用法……最少先穩住正房運作流暢就好，慢慢來。

回眼看到沉沉入睡的二爺，她又開始發愁了。

下晌太醫來看過，說額頭外傷已經無礙，含含糊糊拐彎抹角的說二爺虧損太大，需要仔細保養。顧臨岐黃之術普普……實在時間太緊，只能專攻解毒。但她天賦異稟的好脈象，看得極準，只是獨立開方太稀鬆而已。

細細診過二爺的脈，又盯著太醫開的方子，不禁搖頭。二爺跟她就差一歲，今年不過二十有二。她呢，飲食有度，勤於鍛鍊，面色紅潤，精氣神完足。

二爺……也就外面那層皮看起來是二十二，裡面酒色虧損的有六十六，幾乎註定是個短命鬼了。

太醫這張方子，也就是溫補……吃不死也治不好，就是拖著養著。

這藥不吃也罷。先把胃溫養好，能進米食，漸漸的添油腥。是藥三分毒，五穀蔬葷雜進才能養人。養得住了，哄也好，攙也好，總是讓著多動動。不都說「飯後百步走，活到九十九」？

她自格兒的身體這麼強健，不就是打小熬煉的好筋骨？現在每天起床還在院子疾走幾圈，練練拳法呢。

雖說是藉著「侍疾」避禍，但這段時間二爺死在她手底總不好。再說，人都痴傻了，多大的怨仇也揭過了吧。這些年她一直是個虔誠的道徒，觀裡還奉了寄身（請道觀女冠代為修行），南華經、藥師經抄了無數遍，每年以無名氏之名捨粥施米。

不是她心善，或者求個來世富貴。父母再厭她，終歸是她的父母。她只希望自己這點小小虔誠和善意能迴向給父母親，減少些罪孽。

子不言親過。那也能彌補多少算多少吧。

每次瞧著二爺的臉煩躁起來，她就這麼的勸自己。還好二爺傻是傻，脾氣品行實在是好得太多了，她當了多年的姊姊，幾個小叔子、小姑子雖不是個個跟她親，但對她這個空殼少奶奶還是敬重的，可見其長姐風範之重。難免對這傻二爺多少有些姐弟之誼。

傻二爺後來話說得流利點，就喊她「玉姐」。顧臨納悶了，她的姓名從頭到腳都尋不出半個和玉沾邊的字眼兒。

結果傻二爺支支吾吾半天，破破碎碎的說，大燕朝習慣喊男孩兒叫哥兒，女孩兒叫姐兒。像是二爺的奶名就叫瓔哥兒。

那也是臨姐兒不是玉姐兒。顧臨心底嘀咕。更何況二爺，我跟你很熟嗎？玉姐兒，聽起來紅塵味重得很。你不如直接吼顧臨我還自在點。

後來她才知道，是「御姐兒」。好吧，沒有紅塵味兒，勉勉強強能接受。但喊十次她才勉強能應個一兩次。能應那一兩次，二爺就能樂得飛飛，看起來分外的傻。

浩瀚軒還在行兵布陣，顧臨第一時間武力鎮壓了在內的小廚房。那個自恃是夫人陪房的廚娘頭兒，讓顧臨第一個踹出廚房的門，叫甜白領著小姐妹們押去給李大總管發落。

打人不打臉，顧臨從來不打人耳光，手疼又不好看，白落個刻薄的名聲。踹人講究個巧勁兒，而且女人重臉皮，誰敢掀起衣服給人驗傷？乖乖把虧吞進肚子裡吧，多長點記性，又起到百分之百的震懾效果。

現在浩瀚軒上下都知道不言不語的少奶奶一腿踹人的好功夫，從來不與人磨嘴皮，標準動腿不動口。

「嗯，現在廚房歸我了嗎？」顧臨淡淡的問。

整個廚房的人都矮了一截，通通跪下了。

「禮法有制，上下有別。」顧臨連眼皮都懶得抬，「小廚房二把手是誰？」

一個抖得厲害的娘子站了起來，還算記得深深一福，「見過少奶奶，奴婢母家姓陸。」

顧臨上下打量了下，整個廚房連人帶物，打理得最整齊乾淨的是這個陸娘子。指甲縫有些染青，大概是剛剛在挑菜，但洗得乾乾淨淨的沒有一點泥，身上也沒有脂粉薰香味。

這才是個幹廚娘的料子。

「陸娘子，」顧臨語氣和善許多，「以後廚房交給妳了，灶上地板，我不要再看到一絲油汙。我沒空天天來幫妳踹人，不過我也知道妳難做……這院子不知道是怎麼了，一堆夫人奶奶，不踹不動呢。不聽話的，妳記名下來，漿洗房人手不夠，眼巴巴想升來廚房的可多得很。」語氣轉厲，「妳不要給我循情私縱，不然下個踹出去的就是妳！要知道時不時我會來為二爺做羹湯，妳是我提拔的人，踹也絕對是我親自踹！」

陸娘子呆了呆。其實整個廚房，她廚藝最好，但就是沒有背景，潔癖又深，不會奉承巴結。不是廚藝太好，哪能讓她佔了二把手。只是宅院混十幾二十年的，也不會真有那種笨蛋。她是有點恃才傲物，但這種人最渴望遇到伯樂。少奶奶雖然敲打得兇，她還是聽明白了。

她現在是少奶奶的人，只有少奶奶可以親自處置她！廚房是她說了算！

「謝少奶奶提拔，謝少奶奶賞！」陸娘子又福了福，聲音有點顫抖。

顧臨滿意的點點頭。廚娘麼，有藝在身，要有點傲骨和潔癖。隨便就跪……那地上髒不髒啊？煮菜的人沒個乾淨，那飯菜能安心下肚？

反正機會給了，表現如何，日後再議。不過拿下廚房也算一大成就。果然日後湯湯水水來得容易了，也革除了過了飯時沒打賞廚房不伺候這種陋習。

她正在這廂絞盡腦汁的幫著二爺食膳藥膳雙管齊下，同時努力教導二爺說話。教了兩個月，總算能用隻字片語表達冷熱渴餓，只是身子很虛，湯湯水水努力的補了，陽春三月還沒能撤火盆，抱著毛裘不放。

聽二爺的貼身小廝說，爺這樣已經強壯很多了，不然季節交替之際二爺必定要病一場。她不禁感慨，真沒想到這個浪蕩子比個深閨少女還柔弱。

這日，固定晨起請安。她已經換上夾衣，神采奕奕、精神煥發的進屋伺候，二爺屋子裡熱得讓人冒汗，他卻眼睛通紅有點鼻塞。

相對無語，她只好有口無心的泛泛安慰兩句，自去請安了。

結果婆母神情相當凝重，眼眶通紅，氣憤又傷心。顧臨只覺烏雲密布，打起十二萬精神，發動所有心眼，小心翼翼的應對。

「瓔哥兒呢？」婆母拭了拭眼角，史無前例破天荒的拽了顧臨在身邊坐。

事有非常必有妖啊！

顧臨小心的斜著身子端坐，「二爺早起有些鼻塞，這天不就倒春寒？媳婦先讓他捂捂汗，請安後回去瞧瞧，沒捂出汗來就請大夫來看看……只是二爺太遭罪了，苦藥喝多了淨敗胃口……明日若好些，媳婦和二爺來給母親請安……」

「哎，他身子骨虛，倒春寒還出來跑什麼？養著吧……」婆母捂著口哭，「瓔哥兒沒妳怎麼辦？真是日久見人心……拉著一堆香的臭的都是沒良心的！嗚嗚嗚……」

婆母說得顛三倒四的，還是身邊的大丫頭嬤嬤幫著補充說明，不然還真是考驗智力。

簡單說，就是二爺瘋傻以後，妾室通房蠢蠢欲動。通房丫頭麼，家生子的，老子娘跑來求恩典。外面買的麼，要不就是冒出一些不知道哪來的舅舅叔叔表哥阿姨要來贖身，要不然就是消極怠工，把個群芳苑鬧成菜市場。

有娘家的良妾，娘家人跑來想退納妾文書，趁著青春貌美，說不定還能再給人當妾呢。沒有娘家的賤妾，哭著喊著想被賣出去，誰也不想守著傻子一輩子。

這通房丫頭找出路，顧臨倒是還能明白。誰不知道之前的二爺心黑涼薄，買賣丫頭純屬常態，誰不趁現在二爺瘋傻的當口趕緊跑人？這可不是什麼高枝頭！

賤妾倒是比較少賣，通常是送人。其實吧，哪裡當妾不是妾，離了這涼薄黑心的二爺說不定還能有個好下梢呢。不過既然二爺傻了，大概也就沒機會把美人送出去……自求賣出府去，謝府是要臉皮的人家，不會真把人賣去那種不堪的風月之地，這也能了解。

但良妾就比較令人納悶了。黑心二爺對那些良妾真的是比較上心，懷上身孕的王姨娘還不是他的心尖尖呢……真正心尖子的是他的遠房表妹徐姨娘。顧臨遠遠見過一次，真是弱柳扶風我見猶憐，真擔心風大點就被颳走。

畢竟是婆母那邊的娘家人，當然人家也當正經媳婦疼。

顧臨仔細一想，有些啞然失笑。她照顧著二爺兩三個月，還沒見過半個姨娘探一探頭。婆母氣得哭個不停，大概求去的姨娘裡頭就有這位徐妹妹。

其實呢，也不好怪這些弱女子。誰讓二爺是個心黑的壞種呢？伴君如伴虎啊！有機會逃離火坑誰不想跑啊？要不是自己有個三兩三，娘家後台夠硬，她也不能安然待在這龍潭虎穴。

「母親，您也別氣。」顧臨陪笑臉，「其實吧，二爺這病養起來也得要段時間……太醫也說，呃，得節制著調養……等二爺大好了，再給二爺納賢良漂亮的不更好？那些小丫頭們頭髮長見識短，哪值得您生氣？不如當作給二爺積福，您抬抬手，說不定一念之善，二爺就這麼好起來了呢！」

婆母虎著臉不說話，好半晌才說，「那些小賤蹄子也罷了……瓔哥兒是怎麼疼蓉姐兒？我是怎麼待她的？她居然、居然……」

我怎麼知道二爺怎麼疼徐蓉蓉？我更不知道婆婆怎麼待她的。這五年我只有初一十五來請個安，人家徐蓉蓉天天在妳跟前哪，倒是跟我連個照面都沒打過。

但姨娘的事情她說也不是，不說也不是……當中還摻雜著個表妹哩！這世界上就沒有比表妹這種姨娘更難處理的玩意兒了。

但顧臨到底是八、九歲就隨祖母管家，從後宅修羅場打磨出來的主母預備軍，一招乾坤大挪移，「再怎麼著還是王妹妹要緊，肚子裡可是咱們長房嫡重孫！更是母親的長孫呢！這些日子我只顧著忙二爺，連問都沒問王妹妹，實在是媳婦疏忽，太不應該了！深累了母親，母親還不怪我……」

「這怎麼能怪妳？是我有眼不識金鑲玉，生生冷了妳這樣的好媳婦兒……」婆母攢緊顧臨的手臂，可憐她修煉還不到家，雞皮疙瘩層層疊加，還很輕微的顫了顫。娘喂，婆婆妳不要突然這樣肉麻……

現在也不過是妳兒子廢了，妳怕我也跟著一跑了事……我還最有跑的理由呢。不過呢，人要臉面樹要皮。除了種種緣故，最重要的是她不管將來如何，這個「夫婦有義」的名頭非順水推舟的拿下不可。

二爺現在是瘋傻了沒錯，不過太醫也說可能痊癒，可以把過往都想起來也說不定。那個黑心毒辣的二爺原本就非常厭她，哪堪在她面前醜態畢露背負恩惠？到時候一定會硬把她休了。

無怨無悔的義婦被休啊！這是下堂婦最高等級的待遇！

幾十年前有個女子就是如此義婦，結果慕容世家一個三品官聽說了，帶著官媒千里迢迢跑去求親，最後還求了皇上賜婚。雖說是繼室，好歹人家入門就是三品命婦！

這時代啊，寡婦守節什麼的不值錢，值錢的是有個有情有義還被辜負的好名聲。

到時候她愛嫁不嫁無所謂，皇帝賜婚抗旨更沒關係。抗旨最好，名聲更高。達官貴人想找她麻煩都不好意思，地痞流氓都不敢在這種高聲望義婦的門前轉悠。連她娘家的聲望都能來個水漲船高，順便抬高弟弟妹妹們的品行。

怎麼算都是贏面。

所以她很盡責的把婆母呼悠得破涕而笑，回去繼續照顧傻二爺。無欲則剛，哪家哪戶不是活？當初她爹追求她娘還鬧得滿城轟動呢，結果呢？

寧願相信有鬼，不要相信男人那張嘴。

她可是把心態拿得正得不能再正。

* * *

果然有妖。顧臨悶悶的想。婆母這麼和顏悅色到起雞皮的程度，果然是大大的有妖。

因為王姨娘懷孕七月有餘，卻不怎麼穩了。婆母心底除了這個長孫子，真的萬般皆可拋。昨天才做足了鋪墊，今天就把管家鑰匙和帳冊塞給她代管了，然後乾脆的去王姨娘那兒親自坐鎮，別的都不管了。

顧臨很悶，非常悶。

這種代班的事情徹底吃力不討好，做好應該，做不好該死。她自認能夠做得好……但是做得太好，將來婆母會覺得深受威脅，認為她要搶權。做得不好，那些賊精油滑的管家們就能三十六計使遍，讓她令發不出正門。

這時候就感慨，能當替死鬼的妯娌太少，連推諉都沒得推諉。

照家裡小排行，二爺上面本來有個哥哥子玉，七歲上夭折了。婆母自然把滿腔母愛都灌頂給這個二爺子瓔。

三爺子琪是庶子，只小二爺兩歲，但這個雙十年華的三爺非常爭氣，人家是正經的三甲同進士出身，帶著媳婦兒遠赴濟南當縣令了，大有永不回頭的氣概。三節送禮到家外，也就偶爾讓弟妹寫信給她……當初這個縣令是顧臨幫著活動的，這個小叔咬牙，只求離家越遠越好，貴州他也去了！

再往下數，是四爺子珞，這倒是個嫡的，今年十三。但是公爹對自己老婆實在沒信心了，瞧她硬生生養廢了二爺，痛心疾首，四爺子珞五歲就送回杭州老家，讓太子太傅致仕的老太爺親自督導，果然是個有出息的，去年剛中了秀才，還很有志氣的要金榜題名才娶親。

五爺子琯，是個小可憐蛋兒。最小的庶子，姨娘早早的沒了。婆母看他格外不順眼……不外乎當年生他的姨娘年輕貌美又侍寵而驕，一整個母債子還。那時顧臨剛嫁過來，發配梧桐院，這個小可憐蛋兒餓到來她那荒草及腰的院子偷酸倒牙的青杏子。

七歲大的孩子餓得像根豆芽兒，鞋邋遢、襪邋遢的，顧臨真的很不忍。妻妾相鬥禍延子孫啊……偷偷管飽了兩年，接濟衣服鞋襪，後來尋了個機會勸了公爹，讓這個九歲大的孩兒去書院讀書，婆母眼不見心不煩，讀多少書那還另計，最少禮部尚書的公子，別在家裡忍餓挨凍不是？

她是全了良心了，小叔子也都禮敬有加……五爺喊她還常常喊成「娘」。但遠水救不了近火啊！回頭一看，就沒個當替死鬼的妯娌，完全不頂用。

撫額深思後，她毅然決然緩開日常議事大會，直奔最硬的那塊骨頭——通房妾室的遺散與其他。

下回四郎來，一定要叫他多多弄些補心的藥材。這家子太不好相與了，使太多心眼兒，真怕自己會無疾而終，等不到海闊天空的結局。

本來通房妾室是自己鬧著要走的，應該沒什麼問題才對吧？何況顧臨少奶奶很寬容，沒讓她們淨身出戶……以前二爺賞的財物首飾盡可帶走。只要照賣身契價銀兩倍交出，就可以走人了。

比起那些賞賜，身價銀不過是九牛一毛，這也不過就是謝家的一個規矩。但什麼時代潑皮無賴都不會缺貨，讓她納悶的是，越是世代為僕的家生子越是比外面的草民潑得多、潑得狠。

身價銀，當然主子要仁慈的免了。姑娘有沒有名分，都伺候爺那麼多年了，多少總得表示一下吧？七嘴八舌、撒潑打滾，整個花廳熱鬧滾滾，李大總管在內的一干管事眼觀鼻、鼻觀心，全體成了啞巴。

她淡淡的瞥了一眼這群隔山觀虎鬥的管事們，又看了一眼撒潑撒得很極致的刁民們，簡直聲震屋宇。

顧臨是沒有驚堂木，但她端坐在一張紅木書案前，纖纖玉指略略使力，喀嚓一聲，把三寸厚的紅木案角掰了一塊下來，示威似的舉了舉。

一屋子人都安靜下來，掉根針都聽得見。

「凡事都得照規矩來，是不是？」顧臨淡然一笑，拿著那塊木角指了指李大總管，「大總管，你把規矩再說一遍，詳細點。剛剛鬧哄哄的，我想誰也沒聽清楚。」

李大總管有些腿軟，勉強定了定神，把放婢女的規矩又說了一次，只是聲音有點打顫。

內心那個悔啊，別提了。他早就該知道少奶奶不是個善類，還敢陽奉陰違？只是他到底是總理整個李家內外的大總管，宰相門前七品官，禮部尚書家的大總管出去也是個人物！

每次讓少奶奶擠兌拿捏後回去細想，心底就窩氣。誰不知道這個少奶奶是個空殼的？主子們誰當她一回事？沒剋扣她就回去乖乖謝天謝地吧，跟他拿主子的款？他可是老爺的人！他就不信這個空殼少奶奶敢踹他……

但是看看那個厚厚的桌角，他額頭的汗滴了下來。少奶奶的手也不用多，就在他手臂上來那麼一下……老爺難道會為了一個奴才去找媳婦兒的不是？現在可是少奶奶當用的時候！

這事兒，居然順溜溜的辦了。有幾個不怕死的硬著頸跟少奶奶死抗，少奶奶握著茶碗一緊，眉頭一皺，「甜白，這茶碗怎麼不結實，握緊點就漏了，給我換杯茶來。」

那幾個不怕死的一噎，少奶奶慢悠悠的說，「想來你們也不是真心要贖自己女兒，大概對二爺還是有情意的。那好，就留著吧。我這身子骨照料二爺……也疼得慌。」

這些抗爭戶整個凌亂了。這麼有本事的二奶奶都照應不住瘋二爺，他們家嬌滴滴的姑娘不被打成豬頭？人都廢了還有什麼出路啊！趕緊跪下磕頭，把賣身銀交了，能跑多快跑多快吧！

人去樓空，一個茶碗裂了縫兒，還在緩緩滲茶水。桌角折了一塊，折下來的擺在一旁。少奶奶穩坐，還在慢騰騰的品著甜白剛換來的茶。

一室俱靜。

等少奶奶好不容易把茶品完了，瞥了眼抖若篩糠的管家群，只哼笑一聲，一個字也沒說，領著甜白和那群小姊妹揚長而去。

第二天，少奶奶升堂理事，管家娘子一個不缺，管家們個個不落，連李大總管都隨侍在側。

這個威，實在立得太猛了一點。

少奶奶的形象，在甜白和她小姐妹們的眼中，一整個高大起來，簡直頂天立地了！

「我這招，妳們學不來，更不能學。」顧臨淡淡的。

甜白很機靈，「奴婢曉得，少奶奶豁出臉皮扮黑臉，咱們就得扮白臉，能多軟和就得多軟和！」

顧臨笑了笑，點點頭。冷眼看著這群小姑娘，甜白果然是個帥才。略點撥點撥就懂，學得很快。是個領頭的，很能辦事。

「可少奶奶……」甜白有些疑惑，「您這麼嚴……這個吧，我爹說過凡事張弛有度，一直這麼嚴下去……」

甜白的爹是個馬夫，居然還讀過幾天書呢。既然要收為心腹大帥，顧臨也就不拐彎抹角，「將來夫人手上閒了下來，家還是該夫人當的。我現在嚴了，將來到夫人那兒就顯得寬。這樣才討婆母喜歡，懂不？」

甜白皺眉想了想，恍然大悟。這樣人心就不會在少奶奶這兒，一定倒向寬和的夫人那兒。她佩服的看著少奶奶，原本麼，就是想要進階入房伺候，例銀多，也給爹娘長臉面。但現在她想得更多的是，跟著少奶奶好好學，將來能當個體面的管事娘子也說不定。

「把妳幾個小姐妹教好，不驕不躁，我是不會虧了自己人。」顧臨淡淡的，「別學別房那些大丫頭的派頭，我要的是辦事的人，半小姐還是早點回家辦嫁妝吧。」

甜白連聲稱是，又遞了一杯茶，少奶奶議了一早上的事，渴得緊。

茶才入口，一個婆子慌慌張張的奔進來就磕頭，「少、少奶奶……二爺、二爺丟了！」

顧臨一口茶嗆著，咳了個面紅耳赤，好不容易喘過氣來，厲聲道，「滿屋子的人，怎麼能把二爺給丟了?!」

正亂著，二爺已經被貼身小廝給抬回來，個個愁眉苦臉。不知道少奶奶會不會把他們一個個踹出院門……

顧臨瞪著二爺，二爺躲著她凌厲的目光，一臉氣悶，汗水淋漓，衣服都溼了。

再也不顧他的反對和抗議，顧臨命令那三個貼身小廝戴罪立功，把二爺脫個精光，服侍他好好的洗個熱水澡。

她呢，一直冷著臉坐在一旁喝茶消氣，讓二爺好好享受一下眾人殷勤服侍的滋味……完全無視他的頻頻慘叫。

等二爺回到香軟的床上，已經面如死灰，只差沒掩面而泣。

二爺摔傻了以後，就很討厭別人近身服侍，尤其是沐浴。顧臨雖然不喜歡，還是得挽起袖子親力親為。人傻還知道愛乾淨，天天洗澡洗頭，洗澡她樂得輕鬆不用伺候，總得絞乾頭髮吧？若不是她親手綰髻，傻二爺就寧可天天披頭散髮，還試圖拿過剪刀想剪。

不是她盯著，不知道要鬧多少亂子。

明明告訴他，之後會很忙，他乖乖待著，案頭擺了一大疊他以前最愛看的豔情小說給他打發時光了，還鬧什麼失蹤？

「幹什麼去了？」揮退了一屋子下人，顧臨居高臨下的問。二爺望著帳頂裝死。

顧臨心底的怒火騰得一升三丈。別人不知道，她可是很清楚。說呢，二爺是不太能講，平常些的對話已經能聽明白了。

她憤然抓起紅木板，潦草的把話寫了一遍，硬湊到他眼前。

二爺沮喪的看了她一眼，更潦草的寫，「跑步健身。」

顧臨噎了一下，有點兒啼笑皆非。有這份心是好……但二爺並不只是打破頭而已，而是一整頓胖揍。加上他這一整個虧損太甚的破身子，就算是要健身也講究個循序漸進。

「你身子骨不行。」顧臨言簡意賅的寫了一行。

不承想捅了馬蜂窩，二爺彈了起來，一把奪過紅木板，大大的寫了三個字外加兩個顧臨看不懂的標點符號：「我很行!!」並且含糊不清腔調很重的嚷了一次。

坦白說，你行不行我真不知道……五年前一場洞房花燭夜，她想要想起來都有困難，何況又無處比對，誰知道行不行。

顧臨揉了揉額角，拿出哄弟妹的看家本領，才讓怒氣填膺的二爺消停了。連說帶寫，總算是溝通完畢。

二爺躺煩了，但對顧臨精心挑選的豔情小說很不滿。當下拍板，讓小廝抬軟轎抬去浩瀚軒的書房自己選。結果二爺看著自己珍貴的藏書，臉色越發陰霾，面紅耳赤，顧臨倒是也有幾分尷尬。

二爺的書房不小，但是她也絕對不會進來……若不是她臨危授命要管家，硬著頭皮喚看守書房的書僮進來拿二爺最喜歡的書，她連門口都不想站一站。

只能說，二爺是個好色到骨子裡的人，他的書房充滿了絕版的春宮圖冊和露骨非常的豔情小說。以前顧臨不曉得，誤入一次，饒她這麼淡定從容的少婦，都掩面落荒而逃。

二爺的手緊緊的攢在軟轎的槓子上，都浮出青筋了，咬牙切齒。好一會兒才勉強平靜，招了紅木板過來，有氣無力的寫了「歷史」兩個字。

要看史書？顧臨驚訝了一整個不輕。他們這個不學無術到驚世絕豔的二爺，把字認全以後就輕蔑的說所有的經史子集都是鬼扯蛋，專心一致的走他的旁門左道和紈褲之途。

公爹的書房，自然史書是全的。但二爺闖這麼大的禍事……謝尚書整日磨牙恨不得有出氣的機會，要不怎麼會把二爺藏在內宅，交給她嚴加看守呢？

「我的書房倒有幾本。」顧臨遲疑了一會兒，不甘不願的寫了一行。

二爺迷惑的看了她一會兒，點點頭。

顧臨吩咐打傘。這院內軟轎就是個簡便的，兩根竹竿架個座兒，沒得遮蔽。要入夏了，二爺這破身子可別晒壞，全都是她的不是。

原本二爺興致還很高，卻越來越不解，越來越奇怪，頻頻看著跟著走的顧臨。

「為什麼妳的院子和我的院子隔這麼遠？」他簡直是驚駭莫名。半個小時有吧？看了紅木板的字，顧臨乾笑兩聲。好半天才勉強擠了句寫上，「妾身不討夫君喜歡。」

二爺眼睛直直的盯著她看，看得顧臨老大不自在，一直到抬進梧桐院的書房，還盯著沒完。

顧臨咳了咳，指了指書架。二爺才醒神過來，看著排列整齊，一大排一大排的藏書。下了軟轎，他隨手抽一本，竟是本算經，講數學的。至於史書類，也洋洋灑灑一排。

「妳幹嘛嫁這混蛋？」二爺脫口而出。

可憐他的母語沒人聽得懂，顧臨在紅木板寫了一行，「二爺說什麼？」

他搖搖頭，心情異常低落。

「這裡看書可好？」顧臨小心翼翼的問，也書寫了一行，怕他不懂。

他點點頭，目光很複雜的看著殷殷囑咐然後告退的顧臨。

梧桐院很小，大概只有浩瀚軒那排下人房那麼大點兒。

當然，在別個時代，說不定可以說是精緻小別墅，還有個不小的花園呢……但在尚書府，這是個很小很偏的偏院，外牆皮都破得露磚了。

顧臨留了三個小廝和兩個看茶水飲食的小丫頭伺候，二爺在書房發了一會兒的呆，就開始參觀梧桐院。

他是「病」著，但浩瀚軒他大致上也蹓躂過一圈，驚嘆過後還以為每個院子都是這樣豪奢的……最少他偶爾去請安的慈安堂更豪奢精緻大氣。

驟然來到梧桐院，他突然有點不是滋味。

顧臨起居的臥室，也就一明一暗，內室很小，收拾得乾淨卻很清寂，傢具陳舊，青帳素床，連朵花兒都沒繡。牆上倒是掛了一幅字，可惜是草書，他看不懂，看起來倒是挺順眼的……卻也是唯一的裝飾。

默默的走出來，繞著迴廊，最大的屋子就是書房，窗子開得大大的，光線充足。隔壁間也不小，像是個小中藥鋪，有藥臼、藥杵和一些看不懂的工具，還有幾個櫃子滿是小抽屜。

他沒敢亂動，還是走出來繼續閒逛。花園很整齊，還有木架半遮陰的一盆盆蘭花。之所以他會認得，那還是他爺爺喜歡國蘭，粗粗的看過的緣故，其他的真不認識了。

一個憨厚的老園丁起身哈腰行禮，他只是點點頭，又轉身踱回書房，隨意的取了本書來看。一直想方設法要弄些史書來看，搞清楚自己到底在哪朝哪代，這個大燕朝是怎麼來的……現在卻有點心不在焉，陷入一種強烈不安與惘然的情緒。

「……少奶奶也真是能打理，這破院子都讓她整出個規模。二爺扣著不肯給修繕呢……」幾個小廝守著書房門，閒著無聊開始磕牙。

牆破到能看到磚還叫做能打理?!

「嘖，咱們跟著二爺沒幾年是吧？我哥以前就跟著二爺！當初把少奶奶趕來梧桐院的時候，那草多高啊，都過腰了，草裡不知道多少蛇……」那小廝壓低聲音，「聽說以前有個太姨奶奶就病死在這，常有那個……」

「別胡說了！」另一個小廝害怕得聲音拔尖，「少奶奶都住在這兒幾年了，不、不啥也沒聽說過？」

「嗐，這你不懂了吧？咱們少奶奶信佛又修道，福氣大著呢！……」

「福氣大不大是不曉得，本事倒是很大。噗，那天你沒瞧見，趙婆子讓少奶奶踹了一個平沙落雁……哈哈哈，該！那老虔婆自以為奶了二爺三天，就是浩瀚軒主子了！少奶奶太慈了，怎麼不多踹幾下……」

來送茶水的小丫頭嘻嘻一笑，跟著摻和，「踹那麼下算什麼？咱們奶奶可神了！那麼厚的紅木案，喀嚓一下就掰一角下來，震得那些不省心的老貨們成了鋸嘴葫蘆！

指頭那麼輕輕一捏，就把個茶碗兒捏出縫來……」

「真的假的？少奶奶還會武功啊？這是不是說書的講的什麼大力金剛指？」

小丫頭白了小廝一眼，「我怎麼知道？要不，你自格兒去問奶奶？」她抬腳就進去伺候茶水，二爺捧了茶點點頭，指了指門，她也很伶俐的福禮告退了。

小廝和小丫頭倒是頗興奮的七嘴八舌一番，一個小丫頭聲音一低，輕聲嘀咕，「我說奶奶最該踹的就是……」她瞥了瞥書房。

連二爺的貼身小廝都尷尬了，這話誰心底都嘀咕過，嘴裡可不能漏。還能在內宅跑的貼身小廝年紀都還不大，沒跟二爺往什麼亂七八糟的地方去。但他們的哥哥或親戚是跟過的，實在是荒唐到都不好意思跟這些半大小夥兒講。

安靜了一會兒，這些小廝和小丫頭開始往別的地方扯，東家長西家短的，很有默契的不去扯二爺和少奶奶的閒話。

幸好二爺傻了，啥話都聽不懂，要不非剝他們一層皮下來。

他們不知道的是，這個內容物已經悄悄偷天換日的二爺，說是不太曉說，聽已經大都能聽明白。心頭隱隱約約一寸寸的發涼，還抱著僥倖的心理，這個前身的二爺不要太過混蛋。

但他的希望還破滅得挺快的。整個二門之內他都粗粗的逛過一圈，包含前身最愛流連的群芳苑。連個通房丫頭的房都比梧桐院奢華許多，還沒能走人的四個良妾更是金玉滿堂。

王姨娘在夫人那兒養胎，剩下的三個妾室，一個磕頭如搗蒜，一個見到他就驚破耳膜的慘叫，另一個據說是他遠房表妹、最受寵愛的，兩眼一翻，直接昏倒了。

他的心情很糟，非常糟。這個要命的朝代也很慘，非常慘。他的歷史雖然不怎麼好，起碼也知道有個慕容沖。但這個曇花一現，最大名聲只是小受的威皇帝，居然統一天下，才有了這啥勞子的大燕朝……開國已經一百多年了。

看二爺心情非常差勁，顧臨也覺得不安，耐著性子好言好語的問，他都滿眼複雜的說一切都好，變得非常客氣。納悶之餘，日理萬機的她，硬擠出時間盤問隨身伺候的小廝和丫頭。

小廝和丫頭戰戰兢兢的回了，艱難的說，二爺去了群芳苑，三個姨娘不甚恭敬。以為少奶奶會大發雷霆，結果只是詢問清楚是怎麼個不恭敬法，深思片刻，就和藹的讓他們下去歇著了。

「二爺以後要去哪就去哪，仔細伺候著就是了，懂嗎？」少奶奶最後就叮嚀了這麼一句。

幾個月沒女人，對二爺來說大概是生平吃過最大的苦。但他的身體已經太虧損，攔又不好攔，不攔也說不過去……反正能伺候的姨娘們自己嚇自己，說不定這樣還是比較好的處置。

這些天幫二爺把脈，倒是把虧損略補回來了，筋骨強壯些。管得太嚴又沒意思，顧臨又不是他娘。

所以她丟開手，皺緊眉頭面對謝家一大攤子事情。

她這個婆母，管家大權抓得這麼緊，偏偏是最下乘的事必躬親。不屑，太不屑了。但再怎麼不屑，她也只能照著前例辦，而且是往嚴裡辦。她敢大刀闊斧，她那婆母絕對會十八般武藝盡顯的「照顧」她。

累這幾個月也就算了，她可不想累到出謝府為止。

只是不免輕忽了些二爺，看他越來越鬱鬱寡歡，她也覺得有點難辦。她總不能硬押著那個姨娘來「安慰」二爺吧？只好更小心溫柔的伺候著。

冷不防，二爺突然開口，「謝子瓔待妳那麼不好，妳幹嘛對我這麼好？」

顧臨嚇了一個哆嗦，差點把他溼漉漉的頭髮扯了一綹下來。看二爺齜牙咧嘴，她才略略心定下來。看來太醫說得對，這瘋傻是會好的。這不，才四個月不到，二爺說話就俐落了。

繼續絞乾擦拭二爺的頭髮，顧臨柔聲道，「妻者，齊也。一與之齊，終身不改。二爺喜不喜我是一回事，我身為妻者當所該為，又是另一回事。二爺遭罪了，我當然是得共患難。哪能白佔個妻室的尊榮卻不付出？」

「尊榮？」二爺突然發火，「謝子瓔明明是個……」混帳白痴和個純粹的渣！他硬把下半句嚥進肚子裡，第一千次的怨恨怎麼會穿越到這渣男的身上！

回頭怔怔看了顧臨一眼，只覺得臉孔熱辣辣的，轉過頭來。可憐他前世因為工作的關係，連女朋友都沒交過。稍稍有點苗頭，人家就覺得整天在部隊操練的他鞭長莫及，不能接送上下班，沒有情調，有個頭痛腦熱、煩惱傷心也不能第一時間出現在身邊。

就是做夢也不敢想會有顧臨這麼優質的御姐當女朋友……何況是老婆。

他糾結，都快糾結成一團亂麻。實在很想大吼他不是那個狼心狗肺的謝子瓔，如果可以，請顧小姐和他交往之類的……

但他不能，千千萬萬個不能。這個渣男的印記烙在額頭上，幾時能洗白？

「二爺，你是聽了什麼閒言閒語麼？」顧臨被他嚇了一跳，察言觀色謹慎的問，「下人就是愛亂嚼舌頭，當主子的，還是得寬容些，有雅量……不痴不聾，不當阿翁。差不多就是這個理……」

謝子瓔，你真是個渣男中的渣男。二爺心底更痛罵了一番。

可惜他罵人張口就來，說幾句好話簡直要他的命。支支吾吾一會兒，他才面紅耳赤的低聲，「御姐兒，妳待我的好，我永遠不會忘記。」

可憐的顧臨炸毛了。二爺……腦袋真的傷得不輕。居然對她能有好聲好氣!!她乾乾的嚥下一口口水，訕訕的說，「應該的、應該的……」

背對著她的二爺心情好了些，沒察覺她的驚恐，語氣更平和的說，「我會說話這回事，暫時不要讓人知道，可以嗎？」他總得知道謝渣男是渣到什麼程度才好谷底反彈吧？

「可以、當然可以……」饒是這麼淡定的顧臨，聲音都帶著顫抖的尾音。

顧臨提心弔膽幾天，發現二爺沒出什麼新花樣，心頭略略鬆了點。後來聽丫頭報告二爺步行去梧桐院，在院子裡慢悠悠的伸胳臂踢腿，也就沒有那麼震撼。只是趁二爺回來睡熟了的時候偷偷把脈，倒是脈象漸趨穩定平和，讓她暗暗鬆口氣。

其餘的時候，不過是二門之內到處蹓躂，隨身帶本書，走累了就坐下看看。原本擔心二爺會糟蹋她的書，沒想到他倒是很愛惜，看得也快。只是有天拎了本回來問她，雞同鴨講一番，她才猛然醒悟，二爺不懂句讀之學。

也是。二爺傷前喜歡看的豔情話本，都是標了「、」和「。」，不用麻煩的分句論斷。她呢，是時間真的太緊，要學的東西太多，書是愛看的，只是為了搶時間自標句讀。一來是看到哪標到哪，以後該接哪看就容易。二來是標過一次句讀，第二次看的時候就輕鬆。

她在這五年倒是一整個輕鬆了，除了種花和香藥，就是把嫁妝陪嫁過來幾大箱書幾乎都看完。二爺拎著的這本剛好是本女誡，她忘記拿去糊窗縫了，當然更沒看過。

「……二爺，這是女人看的。」顧臨一臉尷尬的說。

「女誡，我知道嘛。」二爺點頭，「只是沒有標點符號真看不懂，連在一起，猜都不好猜。妳有空不？現在跟我講講？」

都掌燈飯後了，能沒空？挑亮了燈，顧臨把能背得滾瓜爛熟的女誡講了講。才把卑弱第一講完，二爺就變色了。

「屁話一堆！生女兒就要去床底下躺三天反省?!生兒生女是男人的基因……生物沒學過啊?!……」

他這一吼，顧臨微微張著嘴看他，心裡真的很憂慮。二爺好得這麼不利索，半瘋不傻的，滿口跑胡話。硬要把他拘在家裡是不可能的，但在外待人接物，搞個不好就惹禍上身……讓她真的發愁了。

不過二爺又把女誡批評的一文不值，十二萬之不屑和不忿，她又愁笑了。她和二爺是怨偶沒錯，禮法上她是謝家人，內心倒有幾分旁觀者清。二爺嘛，就是個被寵溺到廢了的紈褲，黑心涼薄，也就是不把人當人看。

但現在被打得瘋傻，反而有幾分真性情了。最少把人當人看，特別是把女人當人看。

吼了一個痛快的二爺卻臉色一白，全身一僵。慘了，露餡了是不？顧臨會不會把他當妖魔鬼怪給處置了……

「二爺這話跟我嚷嚷沒關係，切切不能對人說了。」顧臨語氣溫柔，輕輕撫著他額頭的疤，「這傷，真不知道是福是禍。傻些也好，厚道。人厚道點，才能有福……」

顧臨的手實在說不上多麼柔弱無骨、羊脂白玉。但她軟軟的指尖撫著額頭的傷疤，讓這個連女朋友都沒交過的男子漢的心猛烈一盪。連勸人都這麼小心溫柔……再一次的讓他痛罵謝子瓔就是個萬中選一的渣男！

能順勢把顧臨的手握在手裡，就已經是他最大勇氣的表現了。憋了半天，他也只能訥訥的擠出一句，「知道了。我不好，妳盡量說我。」

這下換顧臨僵住，這手該抽還是不該抽……她心底著實後悔，為什麼要一時心軟去摸他的額頭……江山易改、本性難移，等二爺好全了，還不知道會出什麼陰損的報復。

「哪裡敢說爺，妾身能提點就盡量了。妾身見識少，觸犯二爺的話，請二爺多多見諒。」顧臨斟酌半天，還是先手預防了。

一下子又把距離拉得遠了，二爺有些失望。但他反把手握緊一點。「妳喊我瓔哥兒吧，我也喊妳御姐兒。我們、咱們……到底是夫妻，別、別那麼生疏。」

雖然此英非彼瓔，但他前世的名字就有個「英」字。從陸戰隊強悍的職業軍人變成渣到不能再渣酒色過度人品低劣的紈褲公子哥，他的心情一直很低落。能夠讓他稍微振作的，就是有個做夢都不敢想的御姐老婆。

「我什麼都不曉得，什麼都不懂……妳再跟我生分了，我真不知道怎麼辦。」他低聲說。

顧臨沉默了好久，勉強擠出一個笑容，「怎麼能生分呢？女子卑弱第一，夫有再娶之義，婦無二適之文。」雖然勉強壓抑，還是不免帶了點譏諷。

二爺只覺一股鬱氣憋在胸口，又火大又委屈。咱是鐵錚錚的男子漢趙國英，不是他媽的謝渣男！但這理由說不出口，他一把奪過女誡，撕個粉碎，扔到痰盂裡頭去。

日後之事，日後再說吧。最少現在二爺，肯為她撕女誡。

「瓔哥兒。」顧臨輕輕的喊。

二爺靜了靜，緩緩的吐出那口鬱氣，對著顧臨笑了笑。那麼俊俏的臉孔，卻出現有些憨厚的如釋重負，真是有點兒傻。

顧臨還是照樣服侍他睡下，坐在床邊等他睡熟。咱們這個換了內容物的二爺雖然心底有些癢癢的，畢竟前世一宅二十幾年，還是個快修煉成大法師的原裝貨，很想當禽獸，可惜是一個禽獸不如。只能望著自己的老婆傻笑，睡著了心情還是一整個豔陽高照。

可惜豔陽高照的心情總是很容易轉陰偶雨。第二天滿面笑容的去慈安堂請安，忍受他便宜老娘的又抱又哭，以為可以合理退下和御姐老婆培養感情……

先安內後攘外嘛，搞定了老婆，他也好跟那些穿越前輩看齊，看是煉鋼火藥還是吹個玻璃之類的，就算時代安定不能雄霸天下，富甲天下也不枉穿越一回不是？

人算不如天算，他老娘說王姨娘哀哀欲絕的要見二爺。

他只覺得心一縮，微微瞥了一眼顧臨，只見她面色如常，笑語嫣然。

慢著！不該是這樣吧？

細姨肚子裡有貨，大老婆能這樣處之泰然？和顧臨相處了幾個月，加上昨晚撕女誡事件，他又不是白痴，怎麼能不明白顧臨的所謂賢良只是薄薄的一層表皮……

苦於他還在裝啞巴，被拽著往裡走，他頻頻哀求的看顧臨，顧臨只露出詫異不解的眼神，一點都不明白他的意思。

於是他被迫和懷胎九月的王姨娘見面。

他不是沒有見過孕婦，只是沒見過這麼像海象的孕婦。而那頭海象一把抓住他的手，哭了一個梨花帶淚……他不得不承認，就算身軀是海象，臉孔的確很精緻。

但他的心情複雜，真的很複雜。到現在他還是不太能夠接受他就是謝子瓔的倒楣事實，很頑固的認為前身是前身，他是他。

顧臨麼，是那渣男冷落拋棄的，雖然沒有辦手續，他就認定是離婚少婦了。什麼年代了，人好比什麼都好。而且已經是既定事實了，追顧臨是一點心理障礙都沒有。

這個王姨娘，是謝子瓔的細姨，肚子裡的，是謝子瓔的骨肉。

他心底那股子糾結彆扭啊，幾乎要把自己憋死。這頂算不清楚糊塗帳的綠帽子，好像不得不戴，那個早不知道死到哪去的渣男小孩，他好像也不能不認……

他自己還是個預備役的童真大法師呢，居然不得不把前人造的孽都認下來，他連肉湯都沒嚐到啊……

這個時候他才體認到，種馬和後宮，存在於小說挺好，挺能意淫一番。真真切切讓自己親身體會，真的人有能與不能。

對不起，我是禽獸不如。我、我就是禽獸不起來啊！他現在只覺得滿額的汗，因為他的親親老婆已經快退出門外了……

二爺臉色蒼白的把自己的手拔出來，胡亂的拍拍王姨娘，轉身跟著顧臨出去。

顧臨訝異，「瓔哥兒，婆母喚你呢……你不多陪陪王姨娘？」

她果然毫不在意啊！謝渣男，我是該恨你還是該感謝你啊?!

他控著臉緊緊牽著顧臨的手，死都不讓她甩開。咬牙切齒細聲說，「記住，我啥也聽不懂，而且還是啞巴。」

這是演哪齣啊？顧臨都被搞糊塗了。不過二爺有令，她還是很自然無瑕疵的圓了過去，婆母一點疑心也沒有，還叮嚀她要好好照顧傻二爺。

顧臨嘆氣，只能嘆氣。這人傻得不完全，實在是比全傻還麻煩得多了。

帶著鬱鬱寡歡的二爺回浩瀚軒第一件事情，顧臨使人去叫了大夫。

「誰生病了？」二爺大奇。

「呃……等等王姨娘一定會說肚子痛。」顧臨淡淡的回，「但不會真的有事，你還是出去走走吧，該幹嘛幹嘛去。」

二爺卻不是那麼好打發，纏著她問個不停。正纏著，夫人那兒就差人來說，王姨娘身體不適，要請個大夫來看看。

時間銜接得如此剛好，御姐兒竟然這樣的神機妙算。

顧臨訕笑，有點不知道怎麼回二爺。說了像是挑撥是非和告狀，但不說……二爺這樣半瘋不傻的，沒點心眼不知道會遭什麼罪。

「因為我今天進了王姨娘的房。」顧臨含蓄的說。

「……妳都快站到門邊去了，隔她起碼有一丈遠吧？」二爺滿眼疑惑，「她扯的是我又不是妳。」

顧臨真的為難起來了，不知道怎麼理智客觀的解析宅鬥的撇步和精髓。「我是妻，她是妾。」顧臨含蓄的解釋，「她一輩子地位能比我高也就這段時間……能打壓就盡量打壓，所有能使的手段都得使出來……也不用我做什麼，只要讓人覺得我想害她，或者乾脆來個八字相沖之類的……為了這個難得的子嗣，我大約又得青燈古佛去了。」

「……不會吧？」二爺的臉白了。

「所以我才先把大夫給叫了。」顧臨看他臉色不好，安慰的說，「這個老大夫雖然不是太醫，婦科很拿手，婆母是很信任的。只要他說沒事就好了。不然等到什麼和尚道士的登門，我才有吃不完的排頭。安心吧，宅院事我拿得起。說給你聽也只是要你多個心眼兒……以後人情往來，除非真的很知己，送什麼不要送吃的，用什麼不要用香啊藥啊……」

她叮嚀了一串，二爺只是看著她，心情沉重的點點頭。忍不住問了句，「可需要這麼狠嗎？真的最毒婦人心？」

顧臨遲疑了一下，溫言道，「也不是。妾室邀寵是正常的……只是王姨娘出身……比較小戶，娘家人見識也比較淺薄。其實孩子生了記在我名下，就免了六年無子合七出之條，我最不可能害的就是這孩子。只是既然她有心要打壓，也隨她了。反正也就這麼點小手段，我還不放在眼底。」

二爺前世，就是一個忠貞的御姐控。他自認很man也很男子漢，但對那種自信滿滿、成熟穩重的御姐就是一整個傾倒到不行。

而顧臨呢，在這個時代實在不算美人兒。面含春威而不露，眉飛色揚，氣色紅潤，比尋常女子要高䠷挺拔，背總是挺得太直。時下流行的大家閨秀要行不搖裙、笑不露齒，溫柔順從，身比西子弱三分，面目精緻絕倫才可以。

顧臨很剛好的背道而馳，卻更剛好的是換了內容物的二爺最喜歡的那款。

可惜他實在嘴巴笨，憋了半天只說，「御姐兒，妳辛苦了。我、我都知道的。」然後就落荒而逃了。

都知道些啥啊？顧臨納悶，揉了揉額角。家裡還一大攤事呢……王姨娘今天絕對會更添事，不會讓她安生的。

果不其然，她把家事打理出個眉目，才剛喝了口茶，夫人身邊的呂嬤嬤又來回報了……人家王姨娘不滿意，要換太醫呢。

公爹說是從二品，禮部之長。能請太醫來看看公子，已經是面子，而且還搭上老太爺曾是太子太傅的面子。一個貴妾都沒混上的良妾，找太醫？

「滿京城趙老先生的婦科最是好脈象，為什麼要尋太醫？」顧臨無可奈何的問。

呂嬤嬤一輩子跟著夫人，見多識也廣，知道這不是個事。但王姨娘打滾撒潑，夫人又不聽勸，她個下人有什麼辦法？「……趙大夫要姨娘多下床走動，那些大補之物少吃些，不然可能會……」

敢情王姨娘自從有了就躺在床上動都不動？還大補咧！更何況是頭胎……不難產就見鬼了。

她果斷拍案，「從我帳上支一百兩銀子給王姨娘娘家人，讓他們自己去找好大夫，順便也把穩婆奶娘都找了！穩婆奶娘的月例從我帳上走，明白？呂嬤嬤，辛苦妳一趟，幫我請示一下夫人，順便問問王姨娘成不成。」

娘家人妳總信了吧？銀子我也出到底了，而且事事不沾手，總該滿意了吧？

果然，破財消災，皆大歡喜。連婆母都對她讚不絕口……只有公爹對婆母發了頓脾氣，說姨娘是個什麼東西，也配看太醫。

果然這家也就公爹是個明白人。

顧臨搖頭，幸好她向來簡樸自度，很有危機感的覺得早晚會被迫入空門，不重華服珠寶，帳上很有些錢。不然真要動到她嫁妝銀子去了。

二爺繼續在家裡蹓蹓躂躂，後面跟著三個小廝、兩個丫頭的跟班。被人當個傻子還是有好處的，說話都不會避著他……只是他的跟班比較可憐，常常被人擠兌嘲諷的氣哭。

顧臨真是會選人，實誠護主。以後真要對這五小好一點兒。只是現在他還是平靜的裝傻，好好的收集情報才是最重要的……多多聽人說話，聽力上升，說話才能更俐落。

這坑人的方言真難學……以後還有個官話等著，他有種當年學英文的痛苦感。

後來蹓躂到外院，見到他便宜老爹養的清客文人，痛苦感更上一層樓。果然斯文敗類，書讀越多越不是好東西。臉上帶著笑，當著他的面就譏諷嘲弄，將二爺過往的光榮事蹟鉅細靡遺的晒了好幾遍。

若非忍耐力過人，他真想揍扁這些斯文敗類。

氣都氣飽了，中午回來瞪著一桌菜拿著筷子發抖，吞都吞不下去。

顧臨問明白了，啼笑皆非，「……公爹那些客賓都吃過你的大虧，不趁你傻了好好報仇，更待何時？」

「這謝子瓔不是個玩意兒，那些靠人吃白飯的連玩意兒都不如！」二爺憤然。

沒忍住，顧臨噗嗤一笑。「罷了罷了，前塵往事忘了就忘了吧。沒把命丟了，還能說話流利，已經太好了。」

二爺還是沉著臉不動筷子。一小部分固然氣恨那些斯文敗類，更大的部分是想把那渣男死鬼抓回來揍殺個千萬遍。他這麼一個鐵錚錚的鐵血男兒莫名其妙的扛這些干他屁事的破名聲……

原本他還以為有個谷底，誰知道太天真。谷底還能再挖個十八、九層呢。

「瓔哥兒。」顧臨柔聲的喚了他。

這招對他真是百試百靈，原本低盪到跌停板的心情，顧臨這麼一句貼心貼意的輕喚……就能讓他連嗑三大碗米飯，連菜都不用配。

＊　＊　＊

二爺還在想著幾時結束這種裝聾作啞的時機，沒想到機會馬上就來了。

王姨娘要生了。但是尚書夫人第一道命令就是要顧臨回梧桐院待著，還派了兩個膀大腰圓的婆子守住院子，等於是軟禁了。

顧臨倒是毫不意外，而且心平氣和的回院子澆花抄經，但是不明就裡的二爺追了來，「怎麼回事？」

「防患於未然。」顧臨眉眼不抬的繼續抄經，二爺半天沒作響，她抬頭，只見二爺皺眉苦苦思索，覺得有幾分好笑。

「難得有時間，不如我教二爺把寫字的工夫撿回來？」

「瓔哥兒。」二爺不滿的提醒。

「好吧，瓔哥兒。你連握筆都忘了？沒關係，話都能重學起來，握筆寫字不算什麼。」

手把手教著握筆，端詳二爺神情比較平和，她溫聲道，「其實，瓔哥兒。王姨娘遭這麼大的罪……你還是去看看比較好。」

二爺一僵，沉默固執的寫了兩個字。「……我又不認識她。」

老天，事實上是我不想認帳啊！我可以不認嗎？可以嗎可以嗎?!

顧臨卻有點為難。她知道二爺天性涼薄，傻了以後雖然有點真性情……現在卻覺得似乎也涼薄如一。待她好些，不過是因為傻了以後都是她在伺候照顧罷了。

「……孩兒總是無辜的。」

她在想要不要強著二爺去看看，又覺得多一事不如少一事。都離得遠遠萬般不沾手了，還這麼能賴，說真話她也煩了。

「我字也不是寫得挺好，工夫下得不夠。」顧臨轉了話題，有些歉意的說，「改明兒我幫你找本描紅本，慢慢學起吧。瓔哥兒，以後你還是得在外待人接物，一手字最少也得規整。」

古人很講究書法，這他倒是知道。所以二爺很順從的點點頭，「如果可以，幫我請個老師行不行？」

「待公爹閒了，我去請示。」能上進點，公爹也不會老對二爺吹鬍子瞪眼睛。

可惜這樣溫馨平和的時刻沒多長久，一幫和尚道士衝進梧桐院，還有個跳大神的神婆跳得挺歡。

這是在幹嘛？

呂嬤嬤慢慢的蹭進來，有些艱難的開口，說王姨娘難產了，推算起來是和少奶奶生肖相沖……這些和尚道士和神婆是來鎮邪祟的。

裝了這麼久的傻子，蹓蹓躂躂幾個月，二爺總算是把宅院內的一些門門道道搞得比較明白一點。不管是皇帝的宮院，還是大戶的宅院，跟什麼巫蠱有牽涉就是一個完蛋。

他也知道，這幾個月顧臨起早貪黑的照顧他，卻依舊住在梧桐院，他還在想該用什麼名堂把她拐回浩瀚軒一起住著……不同房也暫時無所謂，總不要她這麼辛苦的跑來跑去吧？一趟半個鐘頭欸！

看著那些亂對著顧臨揮桃木劍和金剛杵的神棍，他的怒氣終於徹底爆發了。還能更欺負人點不?!

「甜白！小五子！」他怒吼，「都給我滾進來，收拾你們奶奶的行李！立刻搬去浩瀚軒……要做法事是吧？往浩瀚軒去！地方大得多！」

他一把牽過顧臨的手，氣急敗壞的往前走。那兩個守院子的婆子要攔，一人挨了他一記窩心腳。好在他身虛體弱，沒把人踹出大傷。只是他這麼一個獅子吼，像是以前那個黑心毒辣的二爺回來了，能躲的就躲，可以倒地的也繼續裝死，不敢爬起來了。

「……璎哥兒，婆母沒發話我不能搬院子啊！」顧臨急了。

「不是妳要搬，是我強迫妳搬！」

這下事情真的大條了。顧臨默想。王姨娘不管這關過不過得去，婆母非把她恨到骨髓裡去不可。

結果，二爺把她暫且安置在東廂房，等他把那個亂七八糟的書房處理了，就通通騰給她當書房和藥房。

那些神棍還在梧桐院裝神弄鬼，卻沒有膽子來浩瀚軒作亂。謝二爺可是個特別不講理的主……何況現在傻病好了。

當天晚上，王姨娘掙著命把個胖得離譜的男孩兒生下來了，自己卻沒熬過去。婆母一眼一眼的剜著她，冷冰冰的要她立刻記在自己名下。

一點都不意外啊，唉。婆婆寵溺到極點的二爺好了，她這個兒媳婦立刻顯得可有可無。可清醒過來的二爺，第一件事情就是護著兒媳婦，還是個剋死她孫子生母的攪家精，當婆婆的心裡怎麼會喜歡？

將管家大權交還都沒讓婆母高興一點點，挑刺挨訓是家常便飯。那個記在她名下的孩子，她連一眼都沒瞧見，婆母護得緊緊的。

顧臨料想婆母必有後招，卻不知道婆母的後招是朝著公爹吹枕頭風。

「妳說啥？把媳婦送去家廟?!」公爹的聲音高了不只八度，「兒子瘋傻的時候是誰照應著？妳還是妳外甥女兒？」

「那是她該做的！明明是個攪家精，孫子落地就沒了生母，不都她剋死的？瓔哥兒會遭那麼大的罪，一定也是因為她的命太硬……」

「行了！」謝尚書氣了個不輕，勉強平平氣，「我當妳沒說過這些瘋話。聽著，妳敢把這些瘋話往外說，或者對我再提一次……妳就去家廟清清心吧！我這輩子最後悔的事情，就是瓔哥兒落地沒送回老家！」

這段公案顧臨一點都不知道，過幾天公爹休沐在家，卻特別和藹可親的將她叫了去，很勉勵了她幾句，讓她摸不著頭緒。

看公爹的情緒還不錯，察言觀色之後，顧臨小心翼翼的提了提二爺雖說大好了，但連握筆寫字都不太行，雖說這個年紀開蒙有點不好意思，看能不能請個脾氣好點的先生教一教。

「……這是子璎的意思？」謝尚書簡直要大驚失色了。他那除了壞事啥都不幹的兒子會有這主意?!

「媳婦書法不曾用功，不敢教壞二爺。二爺也覺得找個先生認真學學是好的。」

謝尚書沉默良久，感慨萬千。那兒子……他根本就完全絕望了，不然不會把珞哥兒直接送回老家。但這一傷雖然丟盡臉面，但意外傳出家有義媳的名聲。

這是個重義尚氣的年代。誰不知道謝家二爺寵妾滅妻的鼎鼎大名啊？他是罵也罵了，打也打了，這死小子就是跟他窩裡橫。好啦，這下命差點丟了吧，瘋了傻了吧？親家鬧上門要和離他都不好意思說不要，結果這個不言不語的兒媳卻不念舊惡，親力親為，全了夫婦恩義。

真照老妻那個糊塗見識，兒子一見好就把兒媳往家廟送……他成了什麼東西了？都察院的御史能饒他？親家能饒他？連皇上都饒不過他那才是大禍臨頭！

「只怕是三天打魚、兩天曬網。」謝尚書板著臉批了一句，「不過媳婦兒都肯為他想，說不得替他尋個嚴師。」

「公爹說得是，可二爺身子實在不太好，還在慢慢調理呢。能不能……請個寬和點的先生？」

謝尚書更感慨，「難為妳不忘舊惡，事事替他著想。」

那是你兒子，我不事事著想往好裡說，婆母已經恨個賊死了，再把還算明白人的公爹給得罪，給不給人活了？

心底嘀咕，臉上還是恭敬異常，「從前種種，譬如昨日死，從後種種，譬如今日生。夫妻一體，豈有舊惡之說？」

謝尚書真是太吃這套了，大悅。

退出上書房以後，顧臨揩了揩汗。當人兒媳，真是個精細活兒，勞心費力。今天她要燉個豬心湯吃吃，補心丹雖然好，到底是藥三分毒。

*　　*　　*

二爺漸漸覺得，之前那渣是個橫的，坦白講還滿不錯的。晨昏定省不可免，只要是他帶著，顧臨就不會吃太大的虧，草草走個過場，便宜老娘一開始挑刺兒，他只要面露不耐煩，老娘就忙著哄他。要走也容易，只要對顧臨喝道，「還不走杵著幹嘛？屋裡一攤事呢！留在這兒氣娘？」就能大搖大擺的把顧臨帶走了。

顧臨總是抿著嘴笑，很能了解他的好意。

事實上也真的是一堆事情，他總得把那渣的家底摸清楚是不？可惜這個顧臨也不清楚，他們倆就從清查浩瀚軒的庫房開始。

還別說，謝子瓔渣是夠渣，也真的很會撈錢，腦袋清楚。庫房整整齊齊、分門別類，特別貴重的還編號造冊，讓人一眼就能瞧明白，連他這個古文無力的二爺都沒有障礙。

有錢，太有錢。但沒有一分是從公中挖出來的，月例銀子也都累積在帳上沒去領。這個公子哥名下是有幾個小鋪子，但也不可能有錢到這地步。

內容物不相同的二爺心底預感越來越不好，很怕這紈褲公子哥搞什麼仗勢欺人收保護費之類的……想想他一輩子奉公守法居然落到黑社會的下場，心情就很糟糕。

但他沒想到，沒有最糟糕，只有更糟糕。

他的傻病好些的風聲才傳出來，就有幾個京城貴公子上門，講了一堆他聽得半懂半不懂的話。他回頭仔細想，又把常年跟他在外走動的長隨叫來盤問，臉孔煞白，轉身直奔他那充滿春宮圖冊和豔情小說的書房。

他還到處找暗格或密室呢，誰知道就大刺刺的擺在櫃子裡。為難許久，他取了一瓶去偷問顧臨，少奶奶略通岐黃……在她面前丟臉好過去外面丟臉。

結果顧臨倒出幾顆藥丸嗅了嗅，立刻臉紅過腮。「這、這種東西……固然有一時之效，過於傷身，不用為好……」她的聲音倒是越來越小。

真相果然只有一個！

二爺仰天無語，幾乎流下英雄淚。原來沒有最渣，只有更渣。謝子瓔豐滿的小財庫，靠的就是賣絕版春書春宮和春藥……尤以春藥為大宗。

就是打死他，他也不想因為春藥來個富可敵國。

結結巴巴又十二萬分難為情的跟顧臨求救，顧臨來不及羞，臉倒白了。雖然是老調重彈，她還是納悶，上輩子是造了什麼孽，這輩子嫁了這麼個東西。

王姨娘留了那麼個孩子，為了確保嫡出的名分，她是別想全身而退了。

要待不管，二爺比她難堪鬱悶，簡直欲哭無淚。

全燒了吧。可那一整個書房的春書春宮有多少啊！那動靜絕對不小。而且那些春藥鬼才知道燒了會有什麼影響。

「……我差人叫四郎來。」顧臨果斷拍板。

「四郎是誰？」二爺立刻警覺起來。

「我表弟兼我妹夫……我的嫁妝鋪子是他在打理的。他門道多，或許有路數悄悄兒處理……」

這會不會太丟人呢？二爺煩惱了。但讓他再去當春藥販子……他真是千百萬個不願意。

最後他硬著頭皮和這個妻表弟商談……顧臨這次再也不肯跟他共患這種難了，逃得老遠。四郎儘可能的控制表情，肚子裡快笑翻過去。他真沒想到鮮衣怒馬一擲千金，禮部尚書府的謝二爺居然是靠春藥起家的。

要不是大表姊對他有知遇和妻妹之恩，他早就當個大把柄攢著。

「哎呀，這都是絕版啊。嘖嘖，這春宮畫冊居然是無心居士的親筆，價值千金啊價值千金……姊夫你瞧瞧，這個多生動細緻……」

二爺狠狠地磨大臼齒。他敢發誓，這個表舅爺兼妹夫絕對在整他，非常故意的整他！

媽的我不是謝子瓔那人渣啊！

但怎麼辦？受著唄。

「我大表姊啊，不是我這做弟弟的在說，就是太賢慧。這種事兒傳出去，連她閨譽都有損。這女人家啊，閨譽比命重要啊……」四郎涼涼的繼續整。

惡狠狠的磨了磨牙，「都是我以前不懂事胡來的，和御……臨姐兒一點關係都沒有！」

唷！四郎挑了挑眉，這二爺傻了以後，倒有點人模樣了，還知道維護大表姊了。做生意的人嘛，總是不會趕盡殺絕，圓滑。替大表姊討到一點兒便宜，他就不再追殺了，反而細緻的交代了大概會怎麼出貨，總之會從毫無相關的人出手。

「只是突然大量出貨，價格可能壓得低了。」四郎還是善意的提醒。

「要不是怕燒出點問題，早燒了……」二爺嘀咕，「總之，價格不是問題，只要永遠不要再看到這些東西，這些東西也跟我扯不上任何關係，隨便你處置。」想想不放心，「特別是臨姐兒不能牽扯到一絲一毫，明白不？」

「大善！」四郎拍桌，「我去杭州之前，必定把這事情辦好。表姊夫，你可要記得自己說的話，千萬不要再沾惹這些個……於身有礙，之前幸運沒有叨登出來，不然對尚書大人名聲也是大大有害啊。」

我明白啊，我真的明白。二爺真是想哭。不明白的是那個極品渣男啊。

把四郎送走之後，二爺癱在椅子上，思前想後，悲從中來。

等等，這渣男名下還有幾個小鋪子啊。他突然感到透心涼，覺得這個爛攤子似乎還沒有個完……

什麼叫做「無顏見江東父老」？現在他非常血淚交織的深刻體會了。

原本以為只是個對老婆狼心狗肺的紈褲子弟而已，沒想到事實卻是如此不可承受之輕……個鬼。

最慘的是，顧臨跟他疏遠了。四郎送來的那匣子金子，顧臨連碰都不碰，讓人直接往庫房一送。

他追這御姐兒容易嗎？很容易嗎?!好不容易能拉近點距離，有機會奔向二壘……這個陰魂不散的前身渣男，讓他刺殺於二壘之前了。之前還能摸摸小手，攬攬肩……現在？

現在顧臨根本把他當成大麻風了！

想到那幾個不定時炸彈的鋪子，他心頭一縮，不斷祈禱，千千萬萬不要再出任何狀況……萬一當中有個妓院紅樓的，他這輩子都別想追到御姐兒了。

讓他略感安慰的是，這些小鋪子是他娘給的，沒什麼太出格。不過謝子瓔也是個怪人，有個鞭炮鋪子，還會自己設計煙火，花樣還挺多的……這紈褲得真是別出心裁。

不過讓他精神一振的是，他居然有個鐵匠鋪。

出人頭地的機會來了！穿越必備法寶：煉鋼。可惜他真的背不起來那複雜的設備。但他依稀記得有種反覆打造的疊鍛法，反正鋪子是自己的，實驗看看也不會有什麼問題吧？

顧臨會發火疏遠他，就是那該死的渣男不幹正事，只要他幹正事，做出點成績來，顧臨總能相信他真的是個好人……他本來就是好人啊媽的！

說做就做，他開始使勁兒的折騰鐵匠鋪的夥計，順便折騰鞭炮鋪的匠師。穿越必備法寶之二，不就是火藥嗎？咱們雙管齊下，總有個好的出來！

鞭炮鋪的「霹靂火」還讓匠師們愁眉苦臉兼摸不著頭緒，但鐵匠鋪在他早出晚歸，死磨活盯下，居然真的有成效了！

雖然不到他希望的那麼鋒利，但是拿來砍其他的朴刀❹，那真是簡單容易。抓到訣竅了，他真是一整個激動啊，立刻加緊培訓人才，準備擴大經營。

但是他喜孜孜的拿一把鋒銳的寶刀獻寶給老婆看，還得意洋洋的細說從頭。顧臨卻馬上面無人色。「你……」她哽了幾下說不出話來，捏尖了嗓子大喊，「甜白！立刻去備車！不不，先要李大總管去封了鐵匠鋪，一個都不准跑！」

「御姐兒，妳為什麼封我的鐵匠鋪？」二爺又驚又怒。

「私造軍械是滿門抄斬的罪！這裡是京城啊！」顧臨吼了這一句，奪了寶刀，提起裙子就往外跑，頭回展現了她隱藏多年的輕功，許多下人張著嘴巴看著他們的少奶奶上屋翻牆，硬是比先跑的甜白到得還快。

她上了車，直奔禮部，結果半路上李大總管派人追馬來說，已經跑了一個打鐵師傅。

這下她再沒猶豫，直接打進禮部，驚動了她公爹，謝尚書當然不高興，但聽顧臨匆匆言明，臉孔煞白，接過寶刀，「叫那逆子寫出那啥疊鍛法，弄出個章程來！」立

❹朴刀：一種長而寬的鋼刀，可以裝在木柄上成為比一般大刀還要長的長兵器，也可以卸下來單獨作為一種短兵器。朴刀出現於宋朝，為唯一民間合法使用的武器。（摘自維基百科）

刻騎馬奔向皇宮，遞牌求見。

顧臨勉強定了定神，在禮部就借了紙筆，努力回憶二爺說了什麼，細細寫就，看了一遍忖度會兒，乾脆的把整個鐵匠鋪連鋪帶人都獻上了。

謄抄順稿完畢，讓公爹長隨帶去宮門等候。

從頭到尾想了一遍，覺得再無遺漏，已盡人事，才手軟腳軟的上車回府。

回府當然沒啥好果子吃，婆母把她叫去痛罵了一番，她簡單的解釋，可惜婆母沒那麼高的智慧能聽懂。只覺得這個媳婦不把她放在眼裡，自尊自大的差遣家人又不告出府非常沒有教養，讓她去祠堂外跪去。

她也懶得辯解了，跪就跪吧。雖然酷暑中跪祠堂外有可能中暑，但比起滿門抄斬沒腦袋……中暑還是比較好一點。

她比較擔心，公爹來不來得及。官場如戰場……說不定比戰場還慘酷。二爺這簍子簡直是捅破天，私造軍械是可以跟謀反掛鉤的！這把柄落在政敵手底，滿門抄斬都是輕的……

正在發呆，一片陰影籠罩，二爺不聲不響的跪在她旁邊，替她遮著太陽。她已經連話都不想跟他講了。

「我只是想幹點正事。」二爺低低的說。

顧臨沒講話。

「我不知道，連弄把刀都這麼嚴重……」他噎了一下，想想他的時代，私造槍械都要判刑，管制得更嚴格的古代怎麼可能例外。「真的對不起。」

顧臨還是沒有說話。

他很後悔，真的很後悔。剛剛他就是跑去鞭炮鋪子緊急喊停了霹靂火的研製。他不該相信那些不靠譜的穿越小說，差點惹下滔天大禍。

不，說不定已經惹下了。

「我現在，比較明白為什麼謝子瓔會去踹妳家大門喊著不娶妳……因為自卑。」二爺低著頭，「人家是榜眼郎，他……我、我是什麼東西？文不成、武不就。不是有個好爹，什麼也沒有，什麼也不會，弄錢的辦法就是……那種不上台面的。人家可以給妳請誥命，謝子瓔就個白丁，而且大概永遠是白丁……」

「別說了。」顧臨語氣很硬。

他深深吸了口氣，這段時間，他想了很多，在鐵匠鋪早出晚歸的時候，他漸漸的了解了尚書府公子的生活和無奈。在書房裝箱時，他無意間找到一個華貴的盒子，後來找了鎖匠開鎖，只放了一張庚帖。

顧臨的庚帖。

他頭回不從渣的角度去看已經逝去的謝子瓔。

「尚書府公子，不能光明正大的經商，不會種地，書讀不好，身體更差。幾乎什麼事也不能幹……只好弄錢花天酒地，不然……」

「不要再說了！」顧臨吼他。

「但那是以前！」二爺比她大聲，「我現在是真的想幹點正事，因為我喜歡妳！我喜歡御姐兒，喜歡顧臨！我問過人了，我不寫放妻書，妳永遠不能離開我！我再不是以前的謝子瓔，我會做給妳看！這次我真的錯了，請妳原諒我。以後我做什麼都會跟妳商量，妳給我一個機會吧！」

顧臨不吭聲了，驚恐的非常炸毛。這是腦袋撞成了豆腐渣……還是二爺痊癒了，想出來的另一種折騰？

她覺得頭昏，可能真的中暑了。

但她還沒暈倒，二爺先倒了。要不是公爹親自來祠堂叫她起來，說不定就被婆母生吃了。

她暈暈的聽公爹說沒事了……雖然很險的只差了兩刻。謝尚書剛獻了寶刀和鋪子給皇上，兩刻鐘後彈劾謝尚書私造軍械謀反的奏摺已經遞進來了。

生與死的距離，只有兩刻鐘。

謝尚書倒是升了半級官，正二品。但一直很健康的顧臨卻病了一場，不知道是晒病的，還是被誰嚇病的。

* * *

昏昏睡醒，還有點兒頭重腳輕。她面著牆躺著，後面有人一下下的打扇。

其實她不是很喜歡這麼折騰丫頭，也不覺得該生活得太富貴。祖母就責備過她太小就讀老莊，把性子讀淡了。

其實能吃苦才好。女人嫁到哪家，有情無情都是苦，哪家哪戶都沒什麼差別。

「甜白，別搧了。」她懶懶得開口，「沒什麼風，還白手痠。」

「我手不痠。」

這句話卻讓她差點跳起來，猛轉身，二爺坐在床側，手裡還拿著蒲扇。

「二、二、二、二爺。」顧臨真被嚇到。

「……妳再不肯喊我瓔哥兒了嗎？」他一臉憔悴。定睛一看，才幾天，他瘦了一圈。公爹這次不知道怎麼罰他……

不知道該說什麼，卻看到他另一隻手上拿著她的女論語。「……瓔哥兒，那不是你看的。」

二爺倒是笑了，「原來，女論語第一句是『兵者，詭道也。』」

顧臨更尷尬。那本只有書皮是女論語，裡面……「我自幼是祖母教養的。祖母認為後宅生活，女四書沒半點用處，不如從兵法入手。」

「原來如此，」二爺恍然大悟，「果然很有道理。」

顧臨沒接話，結果又沉默下來。二爺無意識的撫著她的薄被。

「嗯，那天……是真心話。」他咳了兩聲，「妳……御姐兒，妳肯給我個機會嗎？」

怎麼還在糾結這個啊？窘死人。但她思考了一會兒，覺得還是把話說明白好了。「我們已經是夫妻了，沒有必要談什麼淺薄的喜歡或情愛。只要把禮法所該有的盡行，那就可以了。」

喜歡和情愛為什麼是淺薄的？二爺緊緊皺眉，什麼禮法盡行……他想了半天才懂了，「……妳是說，妳可以……嗯，跟我那個……生兒育女，卻不會喜歡我更不會愛我？」

你個浪蕩子！這種話說出來毫不害羞還真是紈褲本色啊！

但他的眼睛又很清澈、很認真，反而讓顧臨不知所措。理順一下自己的思緒，她緩聲說，「瓔哥兒，我是你的妻室，這妻室呢就是得賢良大度。你想啊，我得笑咪咪的幫你納妾，好讓你開枝散葉。若是有了什麼喜歡啊上心啊，就不能這麼和順的幫你納新人。因為會有妒啊，這太不好了，後宅不能平靜，終歸就是妻室不賢良……所以說……」

「等等！」二爺打斷她，滿眼不可思議，「妳不能喜歡我就因為不能高興的幫我納妾？」

二爺其實是驚駭莫名，但顧臨卻覺得自己太離經叛道，不安的絞著手指，「瓔哥兒……咱們這樣客客氣氣不是很好？若、若我對你上心，又得強顏歡笑的幫你納新人……我自問不是聖人，真的沒有辦法……情愛既短且暫，對我來說，這樣真的很殘酷。」

殘酷，的確非常殘酷。他對劈腿小三那類人最是痛恨。他有個下屬就是因為女友劈腿自殺的，他完全沒有辦法接受那種背叛。

喂，不是男人就沒有感情上的潔癖。真能當花花公子的是極少數，而且某方面天賦異稟。他自問還是個稍有潔癖的大法師預備役。

本來問題很容易解決，只要對她吼一聲，「老子今生絕不納妾！」理論上就能完事了……

很不幸的是，前身留下的各種渣態遺產，還包含三個住在群芳苑的高等細姨。

不過腿長在他身上，前身還留了個黑心薄倖名。老子不喜歡總不能有人把我強了吧?!

「反正我那個……虧得厲害是吧？」二爺清清嗓子，「所以什麼新人的，五年十年內不會有了……又不是自找短命。我說啊，虧成這樣，會不會是以前濫用藥物？還有救沒有？」

哈？這問題問我合適嗎？我跟你不熟啊二爺……

「可能、大概、或許……有吧？」顧臨小小聲的說，「其實我看你早上打的拳法，有點五禽戲的影子。若再能戒酒，那個上頭……節制一點，食膳藥膳能跟得上……」她手指絞得發白，「下個月是我祖母五十大壽……瓔哥兒，可以的話，跟我一同去，祖母比我強太多太多了……」

二爺的臉孔抽搐了兩下。好極，太好。這臉一口氣要丟到岳祖母那兒去了……是男子漢就認了！

坦白講，他已經煩透了這個晒點太陽就昏倒，太極打不到半套氣喘如牛的破爛身體了。想當年他是多龍精虎壯的一條漢子，陸戰隊的好漢！

話說著說著，二爺已經半躺在床上了。顧臨挺尷尬，卻也不能叫他滾開。握著她的手，她也不方便把他踹出大門……人家在講正經話呢。

「我爹倒是沒罰我，但先生已經來了。我的字還真的不行……現在苦練都有點晚了。」

難怪他的右手有點腫呢。

「但晚點總比從來沒開始的好。」他很認真的問顧臨，「御姐兒，我今年都二十二了，現在開始用功，明年考童生，妳覺得晚不晚？」

哈?!極品紈褲謝二爺要去考童生？

雖說大燕取士家世佔六，文才佔四。但這個文才也不能胸無點墨啊。

「……現在是夏末，春闈就考了呢。」

「是啊，不過就是背書考試嗎？童生並不難……比較難的是我的字，這只能拚了。呃，我起步很慢，這考試大概也會很投機取巧……妳大概也不會是榜眼夫人。」

他深深吸口氣，緊緊的看著顧臨的眼睛，「我名次應該很難看，但我一定會考上。我要進兵部……一定、絕對，會替妳請誥命。當尚書府的公子，我只有這條路可以走……」

看顧臨都不講話，他有點不安。「妳覺得哪兒不行？我改！」

這個傻得讓人想笑的謝二爺，瓔哥兒。「有人五、六十還在考童生呢……你已經太年輕了。」她居然覺得咽喉有點哽咽，「我等你給我請誥命。」

二爺大喜的抱住顧臨，她卻沒有掙扎，輕輕的拍他的背。能立志讀書總是好的……總比立志當春藥販子強得太多。

謝尚書的心情有那麼點複雜。該說欣慰，這死小子連念個書都花樣百出，投機取巧。說憤怒嘛，這個讓他絕望透頂的兒子卻真的發狠了勁，日出而作、日落而息，短短幾天寫了一大捆的習字，西席先生惶恐的來請老爺略微勸勸，一口吃不成胖子，把手磨出血來也不可能一下子成了書法大家。

為什麼他會生了這麼個狠渾子，紈褲就堅持到最渾球，要上進就擰到九條牛拖不動？

「不學句讀？不打基礎？」謝尚書對著二爺吼，「你還是玩你的去吧！念什麼聖賢書？」

「兒明年春闈必定要考上童生。」二爺昂然面對他的便宜老爹，「請父親幫我。」

謝尚書真想把桌上那方珍貴的澄泥硯扔在這破兒子的腦袋上，卻見他背是挺得筆直，可憐搖搖欲墜。那隻使用過度的右手，在寬大的袖子底下更抖得厲害。

這硯台沒扔就有戲，二爺立刻精神為之一振。「父親那許多清客幕僚閒著也沒事，為兒標標句讀，書寫經義，人多力量大，不是什麼困難事吧？兒也不需要他們寫得之乎者也，傳奇話本的程度就可以了……」

「荒唐！你把聖賢書當什麼了？逆子！」謝尚書簡直要氣死了。

當什麼？當敲門磚唄。二爺心底嘀咕。「爹，書可以慢慢讀，但兒已經二十有二……生死關頭轉過一圈，妻兒都有了。不是兒急功近利，男子漢大丈夫，不能頂天立地，最少要能養家活口。」

謝尚書納悶了。難道打破腦袋，起了當頭棒喝的效果？養他到這麼大，頭回聽到兒子說出人話來。

只這人話怎麼還是一整個旁門左道呢？誰不是自幼攻讀，把經義揉碎了掰爛了環環剝啄？嘿，這渾小子想的就是抄捷徑？

「媳婦兒怎麼說？」他覺得頭很痛，真的很想把這死小子打包給他媳婦去煩。

「呃，先生已經趕夜工把論語幫兒標句讀兼翻譯了……還不懂的，臨姐兒講給我聽。」

……兒媳妳不要這麼賢慧行不行啊?!

謝尚書像是趕蒼蠅一樣揮手把兒子趕走，省得浪費他的澄泥硯。

但架不住賢慧的兒媳婦上門當說客啊！兒媳婦說得好聽多了，二爺願意迷途知返，往正路上走，就是打得有點傻，沒有以前機靈了。既然有這志氣，成與不成，多少哄著點，總比懷憂喪志的繼續醉生夢死好。

「莫非公爹還在氣夫君鹵莽一事？」顧臨小心的問。

「氣，怎麼不氣？差點兒全家一起陪他砍腦袋……」謝尚書發牢騷，「但他總算幹了件正事。還好有驚無險……這棍子敲得好，把他敲醒了！敲傻了也值！」

雖說不情願，但謝尚書還真的招集清客幕僚，萬般無奈的幫他那渾小子句讀兼翻譯。這小子還敢挑剔，嫌不夠白話，真差點綳不住養氣多年的沉著，去敲他那渾兒子一頓！

眼不見，心不煩，兒子說得也對，這些清客幕僚大部分閒著也是閒著，讓他們陪公子讀書吧。

於是不該在大燕朝出現的白話翻譯參考書，就在眾清客幕僚的心不甘情不願之下，堂堂出世了。

還別說，二爺前世雖是職業軍人，也是考了一輩子試的人。部隊裡該背的教條規章，不會比四書五經少太多。古文無力歸無力，有白話翻譯參照，總能弄明白不是？而且古文充滿韻味，不會比白話文難背。有人幫著標點符號，也不至於一整段囫圇分不出首尾是不？

童生其實不是很難考，畢竟是第一關而已……要命的不是背書，而是他這手倒楣的字啊！但他誰？陸戰隊出身的職業軍人！怕什麼都不會怕苦。不是這破身體熬不起夜，他也怕閃爍燭光把眼睛整出毛病……這時代可還沒有近視眼鏡。

但吃這苦，還吃得真值。御姐兒不只一次看著他磨破的手指嘆氣，心疼的上膏藥，捧著手不語。

「長了繭了，就不痛了。」二爺反過來安慰她，「吃得苦中苦，方為人上人嘛。」

這麼投機取巧還真能當什麼人上人？顧臨真是發愁。雖然公爹免了晨昏定省，她不用去跟婆母無聊的鬥智鬥勇，卻對二爺雄心萬丈的來年春闈抱持著極度悲觀的態度。

倒不是怕他考不上，是怕二爺沒考上，走上自暴自棄的道路，那就更沒回頭的機會了。

這個時候，兄弟姊妹眾多的好處就顯現了。來不及全讀完，既然要投機取巧，那乾脆蒐羅歷代試題吧。她寫了一封封的信給弟弟妹妹和小姑子小叔子，反應意外的熱烈。

連她那個恨不得死在外面永不歸家的小叔子琪哥兒，都差人把他舊日所有窗課捎來，詳細的註明講解策論如何起承轉合。還在書院讀書最小的小叔，更是乾脆去抱先生和學長的大腿，寄了一堆歷代題庫回來。

這麼勤讀苦練的一個月裡……二爺的收穫就是病了兩回。

「果然身體才是革命的根本。」二爺非常憂鬱的說。

顧臨啞口，悶悶的說，「後天是我祖母的壽辰。你……還是跟我回家一趟吧。」她長長的嘆了口氣，「希望我大姑姑不會趕回來。」

祖母壽辰那日，天不亮顧臨就攜著二爺往家裡趕。顧家同在京城，說遠也不算遠。他們到的時候，門房還很訝異姑奶奶和姑爺會這麼早到。

但顧臨的希望破滅了……大姑姑昨天就到了，就在祖母的房裡歇了一宿。所以她攜婿拜見祖母的時候，大姑姑隨侍在側。

完了。

之前她已經寫了信含蓄的告訴祖母要給姑爺看病……祖母到底還脾氣溫柔，手段也溫和很多。

不過看大姑姑的臉色……恐怕祖母已經告訴她了，而且心情不怎麼美麗。

「唷，謝家姑爺。」大姑姑上下打量，止住二爺的禮，「哪裡敢當……你都敢把我姪女兒冷五年，不當人看了。有事鍾無豔，無事夏迎春？」她那面容俏麗得有點凌厲的大姑姑轉頭喝丫頭們，「不關門出去，等賞呢？」

丫頭們如退潮般跑得乾乾淨淨，還不忘帶上門，一整排整整齊齊的攔在廊下守門。

顧臨焦急的看向祖母：奶奶，饒命啊，我不想當寡婦。

祖母為難的看顧臨：孫女兒，不是奶奶不幫妳……妳姑姑的脾氣我也煞不住啊。

顧臨無奈自救，只喊了聲「姑……」二爺已經被踹飛出去，沒等落地，大姑姑身形如飛燕矯健優美，一拐腳勾高，又將二爺像是破布袋一樣踹了好幾腳。

「姑姑！大姑姑！」顧臨急叫，「手下留情啊！我是帶他回來看病不是帶他回送命的！」

「放心。」大姑姑往倒地的二爺又踹了幾腳，「起碼過個十天半個月才會暴斃，驗傷都驗不出來。這種人家妳還想待？踹死算完！娘妳好的不教盡教這些破賢慧！」

好麼，連我都有事。祖母悶悶的端起茶來喝，這女兒的性子就個燎炮子。也就她那慢郎中似的夫婿管得住。可惜她夫婿還在遼東做生意趕不回來……

「姑姑！瓔哥兒已經改好了！真的！」顧臨真的快哭了。

躺在地上翻白眼的二爺奄奄一息。難怪御姐兒踹人那麼利索……原來是家學淵博。雖然這個大姑姑也是個風韻猶存的御姐，但他對這種野蠻女友型的真的除了恐懼再沒有其他。

相較之下，御姐兒真是太溫柔、太體貼、太賢慧可愛了。

「沒出息！」大姑姑罵，「幫妳出氣還怨我……將來被欺負死了不要回來哭！」劈哩啪啦被打了幾下，原本痛得幾乎昏過去的踹傷，居然不痛了，二爺不禁有點發呆。

沒好氣的，大姑姑隨便的抓著脈診，兩手診過，很冷酷的判生死。「春毒刮骨，五內虧空，最多五年吧，準備辦後事。」

「春毒？」顧臨茫然了，「可我沒看出來……」

「娘！妳怎麼教的？還真就是皮毛……」大姑姑抱怨完，衝著顧臨發脾氣，「以後出去別說是傅氏傳人的外門弟子，忒丟臉！」

「我沒收她當外門弟子嘛！」祖母也抱怨，「就是讓她出嫁別受人暗算欺負而已……時間緊著呢。妳不知道妳弟弟和妳弟妹？」

「我不敢認那對。」大姑姑撇了撇嘴，又瞪了顧臨一眼。「妳若要兒子傍身，還可以想辦法……」

「姑姑妳一定治得好。」顧臨咬死不鬆口，「他不姓慕容！」

大姑姑很嫌棄的看著一直默不作聲的謝二爺，拎了一個新的痰盂給他，「站好，抱住。」

二爺莫名其妙的抱著新痰盂，很快的，他就知道幹什麼用的……這個野蠻女友型的大姑姑，繞著圈把他胖揍了一頓。奇怪的是，痛倒不是很痛，就是覺得全身都悶得緊，一起湧到胸口，悶到不能再悶時，哇的一聲，吐了半個痰盂的烏血。

「小小年紀不學好，春藥當飯吃啊？」大姑姑繼續罵，「真不該治你，死好！」

二爺沮喪，非常沮喪。姑姑，春藥我是不得已的看過了，但嚐都沒嚐過啊！為什麼、為什麼？前身那渣造的孽他全得梗著脖子硬吞下呢？

雖然搞不清楚是怎麼治的，但他的確覺得身子骨輕鬆許多。雖然鬱悶，雖然委屈，他終究還是個有禮貌的職業軍人，很慎重的道謝，「謝謝姑姑。」

唷，被這樣胖揍還沒發火啊？看起來也不是徹底沒救嘛。其實不用治得這麼粗魯……誰讓她護短呢？姪女嫁了這麼一個聲名遠揚的東西，她早憋了一肚子火了。

現在氣也出得差不多了，小子看起來也不是完全不受教。

「行了。」大姑姑揮揮手，「知道咱們臨姐兒可是有娘家人的。等等我開個藥方，兩年內不要行房。熬不住就自己打個棺材自葬自埋，別帶累我姪女！」

顧臨悲傷，很悲傷。她就是不希望遇到這個厲害又口無遮攔的大姑姑啊！誰知道人算永遠不如天算……

結果他們帶了一疊藥方和禁忌回去，姑姑連壽宴都不給他們吃，將他們趕回去了。

「……好剽悍的姑姑。」二爺有氣無力的說，嗓子眼還有著甜腥味。

「她是……傅氏嫡傳人，脾氣是大了點……但本事是很好的。」

二爺眼睛一亮，「所以，你們是武林世家？對不對對不對？」

顧臨搔了搔頭，「不算吧其實……我還是門外的門外呢。傅氏傳人，母傳女，而且只傳嫡長女。我本來是沒有資格受教，連皮毛都不能呢。只祖母憐我，姑姑也同意了，不然是不行的。」

「哈？還有這麼奇怪的武林門派？」二爺眼睛都直了。

「不，傅氏傳人據說是從宮中傳出來的……」她遲疑了一下，小聲說，「慕容沖之前群雄割據非常混亂，前朝聽說有訓練了一批什麼都會的宮人……我知道的也不太多，聽說慕容沖得天下，有一半的江山是傅氏宮人所助。

「但為什麼之後傅氏會流落民間，當中的糾葛和詳細，只有嫡傳人才知道。我只知道傅氏傳人男降女不降。男子可為官為宦，娶慕容女。但傅氏傳人之女，私底下不敬慕容皇室，不嫁慕容家，嫡傳人不救姓慕容的。」

原來……歷史是從這裡開始歪曲的！傳承了一百多年的嫡傳大姑姑就這麼厲害了，那個傅氏……該有多驚世絕豔啊？

「瓔哥兒，你可別漏口風。」顧臨慎重的叮嚀，在他耳邊細語，「聽說慕容沖留遺命要尋傅氏傳人呢。幸好母傳女，所以姓氏皆不相同，民間傳說也是寥寥。有些冒認傅氏傳人的女孩兒，的確被納入宮中為妃。但正格兒的傅氏傳人，並不希罕這種富貴。」

原本很陶醉御姐兒吐氣如蘭的輕聲細語，一聽到慕容皇室還有這種賊心，一下子清醒過來。

髒唐臭漢，誰知道大燕朝的皇帝會是什麼玩意兒啊?!就算不是那麼嫡的傅氏傳人，可他們家御姐兒這麼可愛溫柔體貼……誰知道大燕皇帝會不會搶奪民女？

當然是死也不能講啊！

「御姐兒，妳是我的。」他心裡大為緊張，趕緊慎重聲明主權。兩年不能……他真是恨死了那個死渣男。

顧臨白了他一眼，雙頰飛紅。說正經事呢！這死紈褲的根本，真是死去活來都改不了。

* * *

居然能把一整套太極打完了，臉不紅氣不喘的。

二爺心底那個震撼啊，真是佩服到恐懼的地步了。這個岔路到不行的鬼時代，竟然有這麼神祕兼詭異的醫術──居然是用揍的──他那虛軟無力的破身子，才一天啊，居然好了四、五成了。

想想又轉悲傷。瞧瞧別人穿越，虎軀一震王霸之氣盡顯，三言兩語什麼武林高手鳳雛臥龍納頭就拜，成功立業雄霸天下好不快活……

真奇怪，雖說秦始皇車同軌、書同文創不世功業，也沒統一天下方言啊？最近他又添了一個學官話，學得痛苦莫名想一頭撞死。顧臨還很莫名其妙的跟他說官話和京城方言很相似了，不難學呢。

為啥穿越前輩們怎麼穿都沒有語言問題，醒來還要費心裝失憶……他醒來卻一個字也聽不懂，直接讓人當瘋子傻子呢？

難道是他穿得太特別，還是落點特別不好呢？怎麼穿越前輩煉鋼造火藥沒讓人抓去砍頭還可以天下橫行……

一定是落點不好，實在太不好。他雖然不敢說武力值多強，好歹也是陸戰隊的職業軍人吧？防身術不消說，體格是特棒的，太極是大夥兒興趣請同僚一起練著強身的，他本身還是莒拳教官呢……

但有屁用啊？投到這個酒與藥中毒兼體虛色癆的渣男春藥販子身上，十八般武藝俱全也得有那個命使啊!!

別人在控弦彎弓射大鵰，他在這頭準備古代的期末考。

他悲憤，他哀嘆，他恨老天不公啊！既然要穿也給他準備一個優良的穿越環境啊……

「瓔哥兒？」看他打完一套拳臉色變幻莫測，悲憤莫名，顧臨真擔心姑姑是不是把他打出什麼內傷……大姑姑實在是太厲害了，她的岐黃之術也就丁點皮毛，真的看都看不出來……雖然就算皇帝讓御醫來，同樣也是莫宰羊。

「莫宰羊」還是瓔哥兒教的，意思是「不知道」。他只含含糊糊的說是市井黑話，她也就溫順的跟著用。

二爺回神，看到一臉擔憂的顧臨，情緒終於回溫許多。這趟穿越呢，總算有個月亮那麼大的亮點：美麗聰慧、溫柔體貼的御姐老婆兼女朋友。

瞧瞧，嘴巴說不會喜歡他也不愛他，現在拿著布巾殷勤的幫他擦汗，催他去擦身，幫著換衣服，倒溫茶，張羅早飯。

有這麼個女朋友真的做夢都會笑醒。更何況還是他的老婆。雖然還得熬兩年……算了，快三十年都熬過去了，兩年不算什麼不算什麼……

「瓔哥兒，不吃飯淨看著我做什麼？」顧臨老大不自在，用公筷布了幾筷子青菜給他，「姑姑囑咐，不能光吃葷，要多吃點青菜養生。」

「好好。」他稀哩嘩啦的喝起稀飯，心底美美的。

怎麼一早起來就傻傻的……昨天姑姑真的打重了，把傻病勾起來？顧臨心底嘀咕，看著藥爐很沒底。

姑姑啊，這是要人命的事情，妳別整瓔哥兒啊……

好在他吃完早飯，眉也不皺的灌完湯藥，繞著院子蹓躂兩圈，回來精神奕奕的繼續和筆墨奮鬥，她才略略安心。

早上他跟著啟蒙先生讀書練字兒，顧臨比較閒，拿出八百年沒動過的針線，準備做個荷包給二爺。

別看西席先生一大把年紀，人家跟老妻伉儷情深得很。師母年紀大了，眼睛不好，還是做了大半年繡了個荷包給先生。就是炫耀給二爺看，二爺才死磨活磨的要她也做個。

做湯她還行，真的有練過。這個女紅……也就八歲前還學了一兩年，後來實在課程太滿，排不進去了。反正娘家婆家都有針線房，哪需要她做這個？

甜白看她為難的看著針線發呆，問明白了要做荷包，揚聲喊她個小姐妹杏花進來幫著劈線穿針。看人家繡花比吃飯容易，她真寧可拿這工夫出門踹人。

嘆氣歸嘆氣，她還是邊學邊做了。荷包倒是不難做，上面的繡花傷腦筋。沒法兒了，她養最熟的就是蘭花，畫得最好的也是這個。花樣子倒是畫得很好看，繡出來差距就有點遠。

好在除了針線比較粗，不耐細看外，還不算太差勁。針法她就會最普通的那兩三種，不要太苛求了。

結果杏花欣賞了半天，揉了一會兒衣角，勉強擠出一句誇獎，「少奶奶的花樣子打得真好看。」

顧臨無言以對良久，「……以後我打花樣子讓妳們繡去。」繡斷妳們的手，死丫頭。

她原本是賭氣，結果杏花那群小姊妹卻欣喜若狂，連連道謝，害她哭笑不得。

拿著蘭花荷包她又嘆氣很久。浩瀚軒的大書房一清空以後，二爺就勒令把梧桐院的書和藥房一整個打包過來，不是幾棵杏樹挪過來怕不活，能搬能移的花和藥草都弄過來了，三個園丁看管打理。

她有些時候不知道該拿這傻二爺怎麼辦。怎麼可能不感動……為了她改變那麼多。但又不敢太感動……誰知道幾時會故態復萌。

算了。若是註定此生必有此債，該償還就償還。畢竟這些年浸淫老莊，也不是白讀的。

她取了幾個寧心靜氣的香餅子放進荷包裡，是她最喜歡的那種淡淡荷葉香。又放了瓶極小的香津丹進去。香津丹卻暑止渴，兼有預防傷風的功效。眼見快入秋了，秋老虎才猛得緊，給他預防一二吧。

等顧臨不太好意思的拿給二爺時，他高興的蹦起來，說有多傻就有多傻。一一說明裡頭有些什麼，點頭跟小雞啄米似的。

「這香津丹……只能你吃，連瓶子都不能給人看，知道嗎？」她不太放心的囑咐，「萬一給人吃了，別人吃壞只會瞎賴你。瓶子讓人摸了去，亂投什麼……你吃了可不白受罪？所以我才從不給人藥……我只放了五粒，你若吃完了再給你……」

要幫他繫到衣裳裡，還樂得飛飛的瓔哥兒卻按著不肯，硬要繫在腰帶上。

「好二爺，瓔哥兒！」顧臨急得跺腳，「那針線見不得人！」

「我說很見得，我媳婦兒親手繡的荷包兒，哪裡見不得！」他快手快腳的繫上，衝去書房跟先生顯擺他的荷包了。

顧臨呆了一會兒，用力的揉揉額角。是不是該把女紅這工夫重新撿起來？她還真沒興趣啊……一整個頭痛起來。

自從二爺發憤圖強後，整個謝家突然呈現一種詭異的和平狀態，頗有山雨欲來風滿樓的味道。

原本鬧著要走的三個良妾，突然安分守己了。反正群芳苑幾乎走了個精光，婆母作主讓她們一人一個院子，緊著好的挑……但有多好，她不清楚。

雖然逼不得已的時候，顧臨也能飛簷走壁。不過那是個力氣活兒，她雖然打熬得好筋骨，也沒有在家裡高來高去的習慣……弄個不好少奶奶被人當賊，那不是給自己臉上抹黑？

所以群芳苑那個據說非常華麗精美的大園子，她還是只聞其名，連門口路過都不曾。

當然，公爹是個明白人，也很了解自己的夫人，避免矛盾的讓她免了晨昏定省，把二爺看好不要再鬧會砍頭的亂子就好……但夫人想擺婆母的譜，身為兒媳的她也是得走一趟。

只是，她若打起精神，婆母跟她相差的程度真不是一階兩階，顧臨雖然不懂啥是太極，但不妨礙她與婆母打得一手好太極，讓她的婆母搥胸頓足，噎得都快出心疾。

要挑她沒有規矩吧，人家大門不出、二門不邁，不是至親不見人，種種禮儀比宮裡出來的嬤嬤還標準。要挑她不慈愛吧，她和婆母見禮後，就開始詢問記在她名下的孩兒津哥兒，其鉅細靡遺只能嘆為觀止。婆母再諷刺兩句，她就連連認錯，揚聲要甜白把奶娘和津哥兒帶回浩瀚軒仔細教養……婆母就這麼個親孫孫，怎麼可能讓她帶走。

實在沒招了，婆母只好罵她善妒，不容別的人沾一沾二爺。後來越說越亢奮，張口就罵，「……沒見過這麼不要臉的，離了男人就會死……」

她慎重其事的離座賠禮，乾脆的回婆母，二爺得了色癆，她這妻室和二爺一直分房而居。雖然沒有直說，她還是拐彎抹角兼賢良的回婆母，若是嫌兒子命太長，她可以排時間給姨娘們，不過她是不會跟著排的——二爺是她一生的倚靠，她總希望夫君可以多活些時候……哪怕多活一天也好。

婆母徹底光火了，完全忘記貴婦人的尊嚴，喝人上來抓著她要打耳光，結果她舉重若輕的擺平那群養在深閨的丫頭嬤嬤，細聲細氣的勸婆母不要氣壞身子。婆母罵她不孝，她輕嘆一聲，柔聲道：「夫子有云，小杖則受，大杖則走。媳婦不敢陷婆母於不義。」就斯文的告退而去。

謝夫人那個氣啊，真是火燒三丈原。想去跟兒子告狀，兒子在閉門苦讀。女兒嫁出去了，二兒子遠在老家，更何況跟她不親近。足足憋到謝尚書回家，才哭罵兒媳不孝。

結果從頭聽到尾，可憐的謝夫人只得到丈夫一連串的拍案狂笑。這兒媳太難得也太能耐了！大事提得起，小事放得開。他兒子這輩子最有福的就是娶了這麼個媳婦兒！

謝夫人更是怒火填膺，哭著直罵他沒良心。謝尚書冷笑一聲，「我沒良心？行。老家那兩個姨娘我派人接來好了。妳不閒著沒事幹？叫她們來讓妳擺足主母的譜！」

謝夫人立刻熄火了。

謝尚書是個事業心很強的男人，的確不怎麼把女人放在心上，但又是個重體面講倫理的人。雖然夫人有些刻薄糊塗，但還是很尊重妻室。他那兩個姨娘，一個是太夫人給的，一個是自小服侍他的情份兒。他幾年外放，妻妾倒是都跟他一起上任，升為京官後幾年，夫人哭著鬧著找著各種理由要把姨娘往外送，他也就無可無不可的陸續把姨娘們送回老家服侍父母。

他家老二已經把名聲整得太破了，他於女色上也不太上心。就是不想後院起火才任謝夫人專寵。家裡人口還不夠簡單？能讓她擠的還沒擠出去？現在鬧什麼鬧？還有什麼可鬧的?!

「兒媳能把那逆子盯好不闖禍，已經太孝順了。妳別嫌日子太好過！」謝尚書氣憤的洗漱睡下了，謝夫人還咬牙切齒氣得睡不著，心裡更是十二萬分的委屈。

說到底，也不是跟顧臨有什麼深仇大恨。之前只是兒子不喜歡，她覺得兒子被勉強了、可憐，所以跟著不喜歡。現在是兒子太喜歡，喜歡得有了媳婦忘了娘，所以她更不喜歡了。

沒想到從來不管家事的老爺，居然站在兒媳婦那邊……老的小的，都被她迷得死死的，那假模假樣的狐狸精！明明是個不下蛋的母雞，長得又不怎麼樣，更不會討好她，有什麼好的？

還是蓉蓉好，乖巧聽話。昨兒對她哭得多可憐……說來說去，都是她那遠房表姊糊塗，聽到瓔兒出事，也不問青紅皂白，就來鬧著要離……她也糊塗，怎麼就誤會了蓉蓉？她還能不知道蓉蓉？為了瓔兒出事，大病了一場呢，到現在還沒好全，就掙扎著每天來請安……比她那假面仙兒正經兒媳婦要強不知道千百倍！

嫁進來這麼久，一針一線都沒瞧見過，一頓飯也沒伺候她吃。哪像蓉蓉，病成那樣還給她做鞋做襪，噓寒問暖……想著想著，謝夫人覺得自己太委屈，蓉蓉更委屈了。

第二天一清早，二爺還在上課呢，結果便宜老娘硬派人給他放了假，說很想念他，要他過去。

這上完課再去不行嗎？他這個先生年紀很大，腦袋卻很靈活，雖然對他這種惡補形態的讀書法狂笑過一陣，倒是跟他一拍即合，非常合得來。他現在可是分秒必爭的準考生啊。

更奇怪的是，還不讓他叫上媳婦兒，要他單獨去。

他微微有點不妙的感覺。

「那個，先生啊，先幫我把重點劃劃……」他搔搔頭，「百善孝為先，我不好說不去。」

「沒事沒事，我給你布置功課。」先生不以為意。這個紈褲名聲滿京華的學生這樣刻苦——雖然刻苦的旁門左道——也很出意料之外了，而且還是個妙人，難得了。

抬腿要走，想想還是有點毛，先往書房跟媳婦兒討錦囊妙計。

「娘又不會吃了你。」顧臨沒好氣，「大概是昨兒我得罪了婆母，要跟你告狀罷了。」

想到昨天那個大杖小杖，二爺樂出聲，笑咧咧的走了。

但等到了他娘那兒，他就笑不出來了。他娘親熱的偎著個瘦巴巴的姑娘對他笑。

不、會、吧？

難道便宜娘要給他納妾?!

他沒有感到種馬的喜悅，倒是感到種豬的悲哀。

結果一個好消息，一個壞消息。

好消息是，他不用納妾，好讓媳婦兒再次聲明那個賢良大度的鬼理論。壞消息是，這是前身謝子瓔留下來的餘孽，號稱表妹的細姨。

複雜，感覺真的很複雜。半死不活的時候，人人哭著喊著要逃離火坑。他也不過就是適應了一點點，突然一個個冒出來了。

人生後宮是滄桑啊是滄桑。

本來他希望可以耍耍不耐煩就全身而退，哪知道想得太天真。

他那便宜老娘抱著他又揉又搓，兒啊肉啊叫了半天，又讓奶娘把嬰兒抱出來硬塞給他，結果被吵醒的嬰兒大哭，他娘也哭，那個表妹哭得更淒慘。

我做什麼了啊我？二爺只能無語問蒼天。

好不容易大家都消停了，嬰兒抱進去吃奶了。老娘泣訴兒媳不孝、善妒、無出……算算大概七出之條全滿了。

坦白講，他對謝子瓔的爹娘還生不出什麼感情……哪有那麼容易啊？對他爹還有幾分佩服和親情，那老爹雖然是恨得牙癢癢，但是他連話都聽不懂的時候，老爹還悄悄的來探望幾次，頻頻嘆氣，罵過幾聲，但背著人悄悄掉過幾滴眼淚。

據說很寵溺他的娘親可沒來看過半次，聽說都在顧著王姨娘肚子裡的那塊肉。

太複雜了坦白說。他追問過顧臨，她只是一臉為難，卻不肯說什麼。

他自己是猜測過，不知道對不對。再怎麼寵，兒子廢了就是廢了，不如把心力花在孫子身上？

真希望自己猜錯，不然他還真替那小渣有些難過。可有這層疙瘩，他真的對這便宜娘親不起來。

現在他只希望這便宜娘不要再罵顧臨了，聽人罵自己老婆挺難受。終於到了極限，他冷冷的說，「娘，我還有書要讀。」

「讀什麼書？還不是想回去跟那小娼婦膩在一起？」謝夫人發火了。

二爺霍然站起來，臉孔鐵青，緊緊咬著牙，從一數到十，又從十數到一。

謝夫人看他變色，也有點慌了，忙著哄他，「娘就說錯一句話，你就這樣甩臉子給我……十月懷胎養你這麼大容易嗎？真不知道顧臨給你吃了什麼迷藥……」

「表哥，你不要跟姨姨生氣，姨姨也是為了你和少奶奶好……」蓉蓉表妹在旁邊抹著眼淚勸著。

罵我老婆是為了我們好？笑話。

他對這樣拐彎抹角拚命繞圈的無聊談話真的不耐煩到極點，好不容易終於聽懂了，他那娘親認為他該雨露均霑，只有個孩子子嗣太單薄了之類。

他再次深刻感到身為種豬的痛苦。

咬咬牙，他強忍男兒淚，吞吞吐吐的說了他的身體虧得厲害。簡單說，還想活長點，這兩年他……只能沒種。

天啊地啊，誰來殺了我吧！男人還有比這更恥辱的嗎?!硬逼我說出口妳們高興了沒?!再一次的他真恨那個渣男。

但很明顯的，他那便宜老娘加上餘孽細姨，壓根不相信。他真有萬念俱灰的感覺。磨到最後，他勉強答應每個月挪出三天，去每個姨娘的房裡坐坐，省得便宜老娘繼續罵顧臨不賢良。

之後他那便宜娘還不放過他，要他送餘孽細姨回去。

二爺面無表情的站起來，轉身就走。蓉蓉緊跟在後，嬌喘微微，顯然跟不上他的腳步，嬌呼一聲表哥，扯住他的袖子，就往他身上歪倒。

可憐兮兮的抬頭，梨花帶淚。

……妳們，不洗頭，光抹頭油？他的臉孔抽搐了兩下，明顯他的袖子被蹭了一塊油光水滑。嗆人的脂粉味和體味融合……是古今審美觀大不相同，還是前身品味太差？

「小五子！」他吼了，「把這個姨娘送回去！」用力一甩袖子，他用最快的速度逃了。

氣喘吁吁的跑回浩瀚軒，大大的深吸幾口新鮮空氣。顧臨詫異的出來，「婆母沒有留飯？快午時了呢。」

他抓著顧臨雙臂，拖進屋裡，上上下下的仔細打量她。終於明白為什麼會對她如此鍾情……除了重情重義外，御姐氣質強烈，素面朝天，而且從來不抹髮油。她喜歡研制香藥，但講究淡雅，若有似無。

最重要的是，她有潔癖，天天洗澡洗頭，他自己也是這樣的。

「我要換衣服。」他能忍受泥濘汗臭等等艱苦訓練，但他不能忍受頭油和脂粉沾在身上，「可以的話，我想洗澡洗頭！」

顧臨還沒回話，甜白小聲嘟囔，「爺跟奶奶頭洗太勤了……以後閻王爺會逼人把洗頭水都喝下去呢。」

少奶奶沒好氣的瞪她一眼，「閻王爺管得多呢，哪還管得到洗頭水啊？最多忍妳們三天，三天不洗頭，別在我身邊伺候！」

「就是就是！」二爺拚命點頭，「御姐兒，我真的太愛妳了。」

丫頭們一起深深抽氣，快速的退走，還細心的關上門。

「璎哥兒，發什麼瘋你！」顧臨雙頰飛紅，大驚失色的看他飛快的寬了外袍，「你、你你你……姑姑說過……」

「我知道我知道，」二爺咕噥著，一把摟緊她，「我沒要幹嘛……我只是需要收驚。」

「……哈？」

抵達二壘了，真不容易。二爺心底嘆氣，溫香軟玉抱滿懷……還是乾淨清爽的溫香軟玉，終於在成為大法師之前嚐到了。

「……知道妳有料，沒想到這麼有料……」二爺不大好意思的喬了喬姿勢，低聲嘀咕著。

「料？什麼料？」顧臨滿眼疑惑。

直到二爺蹭了她兩下，她才驚呼著掩胸掙開，羞怒的白了他一眼。

「唷，妳別這麼靚我。」二爺一臉苦惱，「妳再白我兩眼，我會覺得當個短命鬼也就算了……」

這對一個大燕朝恪守閨譽的少婦來說，已經是太過直白到赤裸裸的調戲了！

顧臨反射性的踹了他小腿，嘴裡罵著，「登徒子！潑皮無賴！」

「你們家踹人果然是祖傳的。」二爺悶悶的蹲下摀著腿，「我是妳老公……相公。剛剛心靈已經受到重創了，找妳壓壓驚，妳還踹我……」一臉的非常受傷。

顧臨絞著手指，心底也充滿歉意。這不是跟您不熟嗎二爺？她心底也隱隱有點煩躁，不知道怎麼了。之前不是一直很冷靜穩當嗎？現在面對二爺卻燥了起來。怎麼了這……

「我看看，踹疼了嗎？」顧臨訕訕的蹲下去，想看看是不是踹重了，二爺反而讓了讓，心裡尷尬了一個要死。哎，就算是個春藥中毒的破身子，該起反應還是會有男人的反應啊……

「沒，不疼。比妳姑姑踹得輕了。」二爺順勢把她拉起來，轉移注意力的訴苦，撿起外袍跟她抱怨。

我跟我姑姑踹的能同個力道嗎？而且姑姑很手下留情了……不過二爺抱怨的那麼氣憤和誇張，她噗嗤一聲笑出來。

「我這癖，不知道讓祖母和婆母多嫌棄。瓔哥兒，你怎麼傻了也有了這種癖？」

「愛乾淨是癖？」二爺拉長了臉。

顧臨遲疑了一會兒，苦笑了起來。她在娘家當小姐時，潔癖還更重呢，連茶碗都不肯跟人共用，出嫁才硬改過來。當初被冷在梧桐院，好在她嫁妝還有點，鋪子收入過得去，不然連洗澡的柴都沒得用。

不用頭油，不施胭脂，就是受不了那種黏膩膩的感覺。這怪癖，被嫌了一輩子。

「妳千萬不要改，我就愛妳這種潔癖。」二爺撫了撫她光滑的頭髮，飛快的親了一下她的臉頰，就火速奪門而出。

嫩、滑、涼。飛跑的二爺好一陣心猿意馬，難怪都說是吃豆腐……果然啊果然。

撫著頰的顧臨臉孔紅的跟胭脂一樣，啐了一口。果然江山易改，本性難移。

等顧臨平靜下來，仔細思索整件事情的首尾。

婆母不喜她又不是新聞……從她過門第一天就是了。只是以前二爺把她趕到梧桐院，她也只有初一十五去請安，婆母根本沒把她當回事兒，才五年間相安……結果還不是王姨娘一生事，她就得上山祈福避災。

若二爺一輩子瘋傻下去，婆母也不得不敷衍著對她好，傻兒子也是得有媳婦兒的。可現在二爺不傻了，又黏著她，婆母自然越看她越討厭。

就算她肯，她也哄不好婆母了……除非二爺厭她了。

婆媳關係最難處，她悶悶的嘆氣。她有個遠嫁的妹妹寫信回來哭訴，還很大逆不道的說：「若那麼寶貝兒子，就留著自己用，娶我做什麼？」

婆母這招說難聽點，就叫做「分寵」。什麼開枝散葉、雨露均霑都只是藉口而已。

默默想了會兒，她把甜白叫進來，如此這般的吩咐，甜白的眼睛越睜越大。

「……憑什麼？」甜白小姑娘嚷了，「爺寵奶奶是應該的！爺病的時候跟前除了奶奶還有誰？憑什麼讓那些誰知道爺愛什麼不愛什麼？爺好了、上進了，才一個個往前湊！」

「甜白，妳是我心腹大帥，這樣想就太淺了。」顧臨搖頭，「第一，挾恩望報，這見識要不得，好好的名聲都攪壞了，明白不？」

她皺眉細想，勉強點點頭，「那是。忠孝節義是該然的。可憑什麼讓她們知道怎麼爭寵……」

「楚王好細腰，後宮多餓死。」顧臨淡淡的說，「徐姨娘又不是個笨的，被爺這樣厭，難道不會打聽？與其讓她們來攪和得浩瀚軒烏煙瘴氣亂插手，不如我們自格兒把消息放出去。浩瀚軒也還不是鐵板一塊呢。」

甜白更勉強的接受了，「可少奶奶，奴婢就是覺得很難嚥下這口氣……」

「這就是第二件要教妳的事情了。」顧臨閒閒的抿了口茶，「爭就是不爭，不爭才是爭。」

這甜白就真的沒弄懂了。但少奶奶的話總是有道理的，所以她有些鬱悶的調兵遣將，把二爺喜歡潔癖，厭惡胭脂頭油的消息悄悄放出去。

果然姨娘們開始勤沐浴洗頭，不施脂粉、不上頭油。但不管是製造偶遇的沐姨娘、駱姨娘，還是在夫人那兒守株待兔的徐姨娘，二爺連正眼都沒瞧過……徐姨娘是認得，其他兩個對面不相識。甚至還問過，「哪院的丫頭啊，插了一頭釵也不嫌重？打扮得那樣是要出嫁？」

等好不容易把人認全了，二爺被這些競相爭寵的姨娘們搞了一個火大，覺得完全在浪費自己寶貴的讀書時間。再也忍無可忍，一狀告到老爹那兒，說他要封院讀書了，終於獲得清靜。

這時候，甜白才了解什麼叫做「爭就是不爭，不爭才是爭。」著著實實的上了一課。

不過這件事情讓甜白訝異的是，塵埃落定後，少奶奶居然笑咪咪的告訴了二爺，更奇怪的是，二爺不但沒有發脾氣，還賊笑的把人都轟出去。

等他們獨處時，二爺涎著臉，「好哇，我春闈還沒進呢，妳先考起我來。說說，說說嘛，狡猾狡猾地，喜歡我了是不是？」

顧臨啐了他一口，「認真念你的書吧。反正你這兩年什麼壞事也別想幹。」

「不爭才是爭」都要出來了，還口是心非個什麼勁兒……咱們御姐兒平添了腹黑和傲嬌兩屬性。

「壞事幹不了，總讓我喝口肉湯吧……」二爺嘀咕。

「肉湯？」顧臨茫然，直到二爺把嘴湊上來，有些生疏的吻了她，她才了解何謂肉湯。

嘗到了肉湯，二爺雖然意猶未盡，但還是心滿意足……雖然被羞怒的顧臨捶了兩下子，但她手勁那麼輕，連皮都沒打紅……哎呀，大燕朝的女孩子臉皮薄嘛，能了解能了解。

其實吧，有禽獸的機會誰想禽獸不如？但不是姑姑那頓胖揍就算了，現在他每天要灌三大碗苦斷腸子的湯藥，還得挨針引一小盅子的黑血出來……別小看那一小盅黑血哈，上回他隨手倒到荷花缸，連花帶魚一起毒死了。

偷偷治了三個月，太醫連呼奇蹟，還拚命打聽他是吃了什麼神丹妙藥……他對這個厲害又可怕的大姑姑是顫抖的五體投地。

大姑姑說兩年，他就會忍兩年。想想啊，謝二爺今年才二十二，忍啊忍的，二十四就可以猛虎出柙了，二三十倍的兩年可以當禽獸，傻子才不會算這麼簡單的數學題。

心情大樂，連進書房的腳步也輕快不少，學習情緒格外高漲，男人嘛，一旦覺得在愛情上取得重大成就，就會把心放在肚子裡，不再患得患失。現在他認真思考的是，身為一個鐵錚錚有肩膀的男子漢，該怎麼在事業上大放異彩，最少自己的女人該自己養。

但女人，想得就比較多比較細，而且還是個大燕朝官宦閨秀的少婦。雖然面上不顯，顧臨還是悶著頭打理起一盆盆的各色菊花。

她向來不愛什麼名種，但尋常花種到她手裡往往格外有精神，花盛香郁。名不名種，也就是俗世的自分自劃。花還是一樣的花，只是看照的人有沒有情，經不經心。

再美的花，都是會凋萎的。所以她才會更惜花愛花，撿拾殘瓣，別出一格的研制香藥，一開始也只是想延續這點餘香。後來才會越涉獵越廣，加入藥材和其他。

抱著一陶盆花有拳頭大的白粉菊，仰頭看著一碧如洗的晴空。

「……不樂壽，不哀夭；不榮通，不醜窮……萬物一府，死生同狀。❺」她喃喃念著《莊子・天地篇》的一小段。

花開花落自有時。她今年雙十年華初過，該她嘗的蜜月流年、青春歡愉，又何必為了必凋必萎而矯情推卻？

她笑自己，若不是早有那麼一點感念，怎麼會故意去「不爭才是爭」？能跟傻二爺、瓔哥兒，甜到幾時算幾時。牢牢記得「不樂壽，不哀夭」就行了。

二爺的心思比較粗，倒沒發現顧臨的心境有了翻天覆地的大變化。晚上歸來吃飯，瞥見案上她寫到一半的《南華經》，倒是有幾分詫異。

西席老先生不光幫他投機取巧兼練字，還借了不少名家字帖來品評給他聽。書法一道，非幾年苦功急不可得，但是眼界先開闊了，先把字的精神氣立起來，就算醜也能醜得有風骨有品味。

現在二爺的字勉強能說得上的，就是大小能一致了，不那麼慘不忍睹。但醜歸醜，還真有幾分他原本軍人剛烈的脾氣在。只是還處於眼高手低的階段。

「御姐兒，妳字越發寫得好了。」他端詳半天，「不拘謹，整個飄逸了。」

顧臨噗嗤一聲，「瓔哥兒出息了，書念不到半年，就會評人字帖了。」

「讓妳笑我！」二爺嚇唬她，「等等爺吃飽了辦了妳！」

「吃完飯還一帖藥呢，爺先辦了那碗藥湯再說。」顧臨涼涼的回。

想到那帖苦斷腸子的藥湯，二爺搖頭嘆息。他嚴重懷疑，大姑姑根本就是故意整他，才能開出這麼苦的藥方。

不過他還是稀哩嘩啦的扒飯，顧臨吃得斯文，還能幫他布菜盛湯。賢慧溫柔的讓

❺「不樂壽，不哀夭；不榮通，不醜窮……萬物一府，死生同狀。」：節錄自《莊子・天地篇》，意為不因長命而快樂，不因早夭而悲哀；不因發達而榮耀，不因窮困而羞恥……天地萬物終究為一體，不論生死都是一樣的。寓意人應順應自然，安之若命。

二爺感慨萬千。

穿到這鬼時代爛落點，啥都能讓他抱怨一籮筐。就是這VIP貴賓級的老婆待遇……在二十一世紀，連做夢都別做夢。不遇到個野蠻女友就謝天謝地了，敢要女朋友全面性的伺候……嫌活太長？怕不被聲討到死？

吃過飯了他怕費眼睛，也怕御姐兒漂亮的眸子使壞了，總是牽著她在院子口蹓躂蹓躂，看看星星月亮。古代的星河真是璀璨輝煌，可惜和現代的星名大不相同。白瞎了他滿肚子的天文知識。

甜白把藥湯端過來，很破壞他浪漫的好心情。他嘆氣，還是眉都不皺的一口喝乾，擺手不要蜜餞甜嘴。這點苦不算什麼，他還想活到七老八十，牽著御姐兒看星星呢。

還別說那藥湯苦死人，這麼幾個月下來，太極能打完，莒拳就勉強點，但和御姐兒半開玩笑的對對手，那是沒問題了。晚上瞎燈摸黑沒得做壞事，只好對練對練順便吃點小豆腐。

御姐兒的家學淵博，還真可能是宮中傳出來的，小巧騰挪，講究纏與韌。連寬大的衣袖都是招式中的一部分，實在很稀奇。但顧臨也對二爺那種大開大闔，空門甚多卻威猛凌厲的拳法很好奇……看拳意還比較像是臨兵對陣的肉搏。

但她只學了點皮毛，也不敢說自己看得準。

只可惜，治了幾個月就筋骨強壯點，依舊體弱氣虛。她已經很容讓，二爺還是喘了個哆嗦。

她收了拳，可人家不收，硬在她手臂上摩挲幾下吃豆腐。

這潑皮黑心的，忍不住捶了他兩下，硬把他趕去沐浴了。她自己一頭汗，也自回東廂洗漱。

原本她會草草的把溼髮挽起，過去正房幫很彆扭的二爺絞髮梳頭，可她一出浴間，二爺大剌剌的拖著一頭溼漉漉的長頭髮，躺在她的羅漢榻上就著燭光瞇著眼睛看兵書。

「……璎哥兒，這是我房間！」顧臨咬著脣，無措的赤著雪白的腳，看二爺眼睛都直了，她簡直羞惱得想鑽地。

「我、我知道的嘛。」他略略回神，趕緊爭辯，「我知道要脫鞋，鞋我是脫在外頭了。」

他也不是初來乍到的二愣子了。大燕朝其實比較類唐，風氣還挺開放的。但開放也有個程度，穿得領口寬些看得到大片雪白無所謂，女人的腳還是只有丈夫可以看到。

以前他就有點納悶，甜白這群小丫頭輪班著在東廂總是要打理很久……那房間又沒多大。也聽管家娘子提過少奶奶自己要出嫁妝銀子裝修東廂，他沒肯，讓管家娘子帳上支他一直沒使過的月例銀子。

原來她是整了檜木地板，每天擦得乾乾淨淨的，好打赤腳走來走去……太享受了吧？而且他千千萬萬沒想到，穿著簡單白直綴，散著長髮光著腳的御姐兒，可以這麼的、這麼的讓人心癢癢。

明明在二十一世紀的海灘看泳裝美女看到痲痺了，現在卻有點心律不整。

上啥胭脂敗顏色啊？她現在這麼羞惱臉紅，比什麼蜜斯佛陀強得太多太多了。

要不是甜白機靈的把一疊布巾塞在顧臨的手底，兩個不知道要含情脈脈（兼惱羞成怒）的對峙多久。

一群小丫頭竊笑著逃得老遠，讓顧臨的羞惱更上一層樓。她板著臉，拿了條長布巾往二爺的臉上一蓋，粗魯的擦起頭髮來。

正絞著頭髮，二爺居然賊心不死的一直瞄她的腳。這潑皮登徒子！顧臨大怒的把半溼長布巾一甩，還別說，溼布巾甩在背上還真疼，二爺哎唷一聲，差點跳起來。

顧臨轉身要走，二爺不顧疼趕緊扯住她，「我挨打都沒說話呢，妳去哪？」

「我去把鞋襪穿上。」顧臨聲音很硬的說，眼圈都紅了。死二爺，一定覺得她很不莊重……君子貴慎獨，她懂。可她就這麼一點想望跟自在，關在屋子裡圖點舒服，還讓人這麼輕薄……特別是二爺這麼覺得，她委屈，更委屈。

「別別別！」二爺趕緊把她拖著坐下來，「哎，御姐兒，別人跟我講話曲曲繞繞，我已經頭很疼了。真的，我真的覺得妳這樣好看得不得了，才會盯著看……這不行是不？妳教我，我改！」

顧臨低頭不講話，長髮還溼答答的滴水。

二爺取過一條乾的長布巾，笨手笨腳的幫她擦頭髮。「妳知道的嘛，我、我幾乎不記得以前的事情了……可能吧，妳覺得我是推諉……」

「連話都不能聽懂，我怎麼會覺得是推諉？」顧臨低聲，咬著脣，才期期艾艾的說了習俗，自己都覺得異常羞愧。

「我發誓，我發誓好不好？我絕對絕對沒有什麼輕薄的意思……呃，也不是完全沒有，看得我心癢癢……這兩年怎麼這麼長，一整個度日如年啊？」二爺哀怨了。

「……心裡只想著壞事，不正經。」顧臨嘀咕，靜默了會兒，二爺還真不會服侍人，一點力氣也不敢用，要擦到幾時才乾？「剛剛……真不該甩你那下。瓔哥兒，疼不疼？」

「不疼不疼。」難得有哄女朋友的機會，原來滋味這麼不錯，「其實呢，御姐兒，我也喜歡打光腳散著頭髮呢，舒坦！可以的話，我還真想把頭髮給剪了……」

「跟你說過不行的。」顧臨大為緊張。

「我記得啊。」慢慢的擦著她的長髮，他遲疑的開口，「御姐兒，現在這麼說，很像是在推卸責任。但真的……連我自格兒，都覺得以前的謝子瓔，是個頭頂生瘡、腳心流膿的壞東西。真的一點點都配不上妳。每次想到，我心裡就愧疚發慌……妳還待我這樣好。

說什麼別的，別說妳不信，我想連我親爹親娘也不信。妳看著，看著我。我絕對不是以前那個混帳到極點的謝子瓔。」

顧臨沒有說話，默默的。二爺費力的把她的長髮全擦乾了，笨拙的梳通，他打賭一定把她扯痛好幾次，可顧臨一聲都沒吭。

心底的不安漸漸濃重起來，可顧臨上了羅漢榻，有些羞赧的偎在他懷裡。

種種激動心跳狂喜自不待言，心底迴響的第一句話是：我出運了。

哪是心花怒放啊，那是乾脆的放煙火啊！

這「肉湯」真是好啊，只是好過頭了，好得他五內俱焚，再次的怨恨度日如年。再熬下去真的連魔導士資格都拿到了。為什麼他是魂穿不是身穿？人生不如意真十之八九。

淺嘗輒止，他實在不敢拿未來幾十年的壽命來開玩笑。顧臨像隻小貓似的靜靜伏在他懷裡，二爺一遍遍撫著她的長髮，這才發現，原來自己不但是個御姐控，還是個髮控。

那軟軟滑滑乾淨清爽的髮絲穿過指縫，那個感覺，簡直是把心塞到爆滿，溢著一絲絲沒完沒了的甜。把衝動啊、不耐啊，對生活的種種不滿意啊，漸漸敉平了，只覺得祥和、舒服。

不管滿壘不滿壘，懷裡這個小女人是我的，從頭到尾都是我的。

這樣就對了。

雖然不明白為什麼，但二爺莫名其妙的發現，御姐兒跟他親近起來，不似以前那樣帶點禮貌的疏離和防備。

線條很粗的二爺摸不著頭緒，但也不妨礙他享受這種親親密密的戀愛生活。白天課業勞重，晚上卻是他最期待的、跟著御姐兒擁著胡侃的好時光。

就在這種閒聊中，二爺終於把複雜的親屬關係表給搞懂了，順帶的更深入了解大燕朝的許多風俗習慣和風土人情。御姐兒甚至告訴了他，她心底小小的祕密。

她說，她其實最希望的是，能夠「散髮跣足弄扁舟，五湖四海任遨遊」。等倦了，就結一草廬，自耕自食，老死不與人往來。

這願望也……太出家了吧？二爺心底感覺有點不妙。

「絕對不可能的嘛。」顧臨淡淡的說，「我若是個男兒，倒還能這麼樣瀟灑而去。偏偏我是個女身。所以只是想想……沒辦法，我一輩子身邊圍滿了人。出嫁前祖父祖母、父親母親，一大群弟弟妹妹。出嫁後……又活得不踏實，步步驚心，不知道會不會給娘家丟臉面，不知道自己會是個什麼樣的結局。家裡也是一堆小叔子小姑子，婆母和公爹……還沒算上群芳苑那些個呢。」

「哪個不需要鬥心眼？只是鬥著鬥著……」她的聲音漸低，「我也會累。想一個人待著，誰也不認識我，我也不認識誰。」

二爺玩著她的手。這手真的不是很細，寫字的繭、廚藝的繭、練武的繭。連指尖都摸得出針眼，雖然不喜歡女紅，還是又幫他做了幾個荷包和扇套，細細的繭。

本來他只是覺得，穿得這麼窩囊，既然沒機會雄霸天下了，總得找點事兒做……這破得差點短命的身子和尚書府的環境，也就讀讀書了，考個功名什麼的，別讓人說是白丁，當官他還沒什麼大興趣……除非留京在兵部。

現在他卻覺得，要當官，一定要當。最少也去當個縣令啥的，九品芝麻官也好，只要能外放就行。

外放了，離了這一大攤破家事和破人，雖然不能放她五湖四海任遨遊，最少帶著她散髮跣足弄扁舟是可以的吧？

把她關在京城這個小小的籠子，捨不得，很捨不得。

但他沒有說出自己的打算，也沒給她什麼承諾。開開空頭支票、嘴裡花花挺容易，可他不屑。

他只要御姐兒看著，他會給自己女人掙誥命，帶著老婆出牢籠。

一下下的，他輕輕吻著顧臨光滑的額頭。比發誓還像是誓言。

時序慢慢的推進到臘月。

自從奉老爺之命封院讀書後，姨娘們咬牙切齒卻無計可施。唯一能自由出入的吧，也就是西席老先生。她們臉皮再厚，也沒膽子去巴結這位西席先生。

當然，下人還是可以出入的。但自從陸娘子坐鎮廚房，甜白一干小姐妹服侍在側，顧臨代管家事兩手清白，沒撈任何銀子，卻從中淘了幾個會幹事不會討好的管家娘子，經過一小段時間的混亂，浩瀚軒不敢說是鐵板一塊，但籬笆扎得死緊，姨娘們想插個眼線買通個人卻比登天還難。

又急又氣的姨娘們只能望軒咬帕，自悔短見。當初那死鬼不是聽說只剩一口氣，還連瘋帶傻了嗎？怎麼現在好了不說，還刻苦用功……不趁現在邀寵，萬一二爺真的有了功名，納新人絕對免不了的，那個沒用的少奶奶哪會攔門？

有了新人忘舊人……她們雖說也將將過雙十而已，但怎麼及得上那些嫩蓓蕾似的花季少女？

姨娘很急，都很急。百般無奈之下，不約而同的走了婆婆路線。

可謝夫人也無奈啊。原本兒子脾氣暴躁些，總是哄得過來，不說百依百順也還算聽話。哪知道差點沒命以後跟她就離心離德了。可老爺封院以後警告她，兒子若考不上童生，他絕對會把二老和兩個姨娘接回京城。

接姨娘來，她是不高興而已，接公婆來……那不是天崩地裂嗎？想到太夫人那雙冷冰冰的眼珠子，她就打顫。本來麼，她們長房就是要侍奉公婆的，是老太爺和太夫人不喜歡京城的冬天，才讓她逍遙自在這麼多年……

現在她哪敢找碴？求神拜佛的希望兒子一定要考上，反正現在她還有個親孫孫，母愛還有得大大發揮的空間，又不像她那無情無義的兒子有了媳婦不要娘。

這個婆婆路線，徐姨娘卻比沐、駱兩人走得更深更有遠見。一來嘛，她畢竟是謝夫人的娘家人，而且婆婆向來最喜歡她。二來嘛，王姨娘死都死了，留下這麼一點骨血，謝夫人當眼珠子疼，想來就算將來少奶奶有了，也越不過津哥兒。

而且她重金買通了太醫的消息，也明白二爺子嗣之艱難難如上蜀道……

這道理不就是明擺著了嗎？二爺現在如此不待見，也不過就是一時生氣，人都還沒真走呢，茶就涼透心了。二爺的性子，她最清楚，晾晾而已，沒什麼，春闈過後慢慢哄回來就是了。

婆婆呢，當然要抓緊靠緊，嘴巴能有多甜就多甜，服侍能多周到就多周到。津哥兒那麼小一點，多近近就跟誰親。記名又怎麼了？王姨娘怎麼死的不就是上下嘴皮一碰的事？就算喊母親還不是生生成了仇人，喊她姨娘心底還不是當親娘？

人哪，要爭千秋不要爭一時。

所以徐姨娘非常巴結的陪著謝夫人含飴弄孫，愛得跟自己兒子似的。樂得謝夫人合不攏嘴，真真當正經媳婦兒疼了。

這些事兒，顧臨不是不知道，只是沒跟二爺嚼說而已。進臘月一日冷過一日，璎哥兒身體也不是很結實，小傷風是免不了的，看他擤著鼻涕埋首苦讀已經夠心疼了，這些外面的亂七八糟就不要讓他跟著心煩。

只是她人在院中坐，消息天上來。讓她有點啼笑皆非的是，跑來通風報信的，是老爺的左膀右臂李大總管親自跑腿。還傳了老爺的話，等津哥兒五歲，老爺也要往老家一送，絕對不會讓她記名的兒再成為之前的逆子紈褲。

她恭敬的站起來聽老爺的傳話，送走李大總管以後忍不住樂得咧了嘴。其實真要送出去有出息，應該塞去給她大姑姑，保證允文允武，下毒行醫兩不誤，還不耽擱考文舉武舉。

但凡她大姑姑手上肯漏一點兒，就夠津哥兒一輩子驚世絕豔……只是要脫無數層皮。

她大姑姑在傅氏嫡傳中，絕對是個傳奇。連她那個厲害的祖母都遠遠不及。傅氏嫡傳代代都收下好幾箱祕笈當嫁妝，上任嫡傳自感來日無多還會添上「絕命書」，將一生所學和感悟交給已經嫁出去的當家嫡傳。

但傳承一百多年了，那數量已經非同小可，祖母也就粗粗學個大概，大姑姑在嫁前就學全了。這個脾氣暴躁的大姑姑，死活不肯嫁到世家，選了一個自己趕馬車半武半商的生意人。

奇怪的是，那個溫吞水似的姑丈卻降得住姑姑，夫妻天南地北的跑商隊，居然還有工夫註解完補祕笈。孩兒都是在馬車生的……要說大姑姑有什麼不滿，就是連生了三個小子才生了女兒，現在才剛會走路呢。

其他不論，姑姑的醫術的確是個拔尖的。只是再拔尖，遇到瓔哥兒也就只能這樣了。

她燉了梨，水濾了濾，又加了幾味藥材再熬過，等成膏狀了，才端去給咳個沒完的二爺吃。

二爺吞了一口，「怎麼吃起來像是川貝枇杷膏？」

「你怎麼知道有川貝和枇杷？」顧臨驚訝了。

「呃……咳咳，好像以前吃過，只有個模糊的印象。」二爺含糊的說，又舀了一匙。

「含著，徐徐吞下。」顧臨叮嚀，「枇杷還是個希罕物呢，難得你會知道。」

二爺悶悶的沒吭聲。總不能告訴她，川貝枇杷膏西藥房就有得買，枇杷在他們那兒貴是貴了點，水果行可都有。

不過老婆親自熬的，那可是絕對不會有。他又心情大好的樂了起來。

臘八那天，所有學院封館。大燕朝學院的消寒假一直從臘八放到正月十五，十六開館。但是參加春闈的學生，一直放到春闈考完。而今年的春闈，正是二月初二。

謝家五爺子琯，蹭同學的馬車回到謝府，很自覺的敲開角門，自己拎著一個大包袱兒。嫡母不待見到差點把他餓死，自然也不會有書僮，他早就習慣自己來了。

他的院子，也一定沒有收拾，問都不用問了。連看院子的婆子都沒一個，他大剌剌進去把自己的包袱一扔，就轉身跑去梧桐院。

在五爺心目中，二嫂子的地位可比娘親，也常常叫錯。雖然梧桐院也破舊狹小，但那兒吃得飽，有炭有火，他出外讀書這幾年，都是嫂子給他辦被褥衣裳偷塞給他零用錢……要知道嫂子日子也不怎麼好過。

他俐落的跑進梧桐院，喊了兩聲，卻只有滿地大雪，寂靜無聲。心底一沉，開門進去，只見搬得跟雪洞一樣，什麼都沒有。

……二嫂終於被休了?!

他忙忙的衝出來，差點跟個婆子撞了個正著，婆子才張口罵了句「小雜種」，五爺似笑非笑的看著她，「我是小雜種，我爹謝大人是個什麼？」

婆子這才認出是五爺，額頭的汗刷的掉下來。雖然夫人十二萬分之不待見，缺衣少食，但這嘴皮官司就難打了！

「爺可以不告這個狀，可我二嫂呢？」他連逼帶嚇。結果逼問出來的事實上讓他一腦袋糨糊。

他那可怕的二哥被打得瘋傻，好了以後跟二嫂蜜裡調油？無惡不作的二哥居然發憤讀書，封了院子苦讀打算來春考春闈？

山無陵，天地合了嗎？不不，一定是黃河轉清了……

茫然了一會兒，他轉身跑去浩瀚軒。結果守門的婆子太盡責，磨破嘴皮也沒用。

結果，他又使了最純熟的一招：爬牆。

這招他太熟了，不到七歲就爬得俐落。不是東院偷西院摸，早把他餓死了……結果才翻過牆，還沒站穩，居然被一群小丫頭一湧而上團團圍住，差點被當賊捆了。

「琯哥兒？」顧臨驚訝的看著他，「派去的馬車才剛走不久，你怎麼就回來了？」

「娘……嫂子。」五爺熱淚盈眶，「琯哥兒好想妳啊！」

正在擤鼻涕的二爺匆匆跑出來。哪個渾小子敢想我老婆？「你誰啊?!」邊咳邊吼的護在顧臨前面。

顧臨默然片刻，無奈道，「瓔哥兒，他是你最小的弟弟。謝子琯，琯哥兒。」

「……」

這雖然不是世界上最尷尬的事情，但是兄弟相見不相識，也夠尷尬了。

二爺心底悶悶的想，好麼，便宜娘，便宜爹，現在又多個便宜小弟。而且這個小弟還來者不善啊，戒備警惕的看著他，一副伺機而動的樣子。

顧臨看他們倆大眼瞪小眼，也有點兒頭疼，「二爺，我前些時候跟你說過……」

「御姐兒，妳喊我什麼？」二爺拉長了臉。

顧臨還沒來得及更正錯誤呢，五爺琯哥兒一個箭步擋上來，梗著脖子喊，「二嫂妳別怕，二爺，你要打人衝我來，別動我二嫂一根手指！」拍著瘦弱的胸脯，「你打！吭一聲就不是好漢！」

看著竹竿兒似的便宜弟弟，二爺無語。小鬼，你毛長齊了沒有？充什麼好漢？

這是哪跟哪啊？顧臨納悶。這來告訴我，這是演哪齣？

輕輕咳了聲，「瓔哥兒，前先時候我告訴過你，琯哥兒來春也要進春闈，所以幫他備了屋子……這是也跟公爹提過了，記得嗎？」

「……嗯。」二爺回得不情不願的。那時他只想著，就個十二歲的小孩子，浩瀚軒屋子多到住不來，又沒差。哪知道是這樣的小破孩。

「琯哥兒，你行李呢？扔在你院子裡？那又沒人收拾……甜白，使個人送去漿洗房……算了，咱們院子的漿洗婆子洗洗就是了，不要混到漿洗房去。」

琯哥兒拽著顧臨的袖子搖，熱淚盈眶，「嫂子……我就知道妳對我最好……」

小鬼！你放開我老婆！二爺炸毛了，狠狠地磨大臼齒。手不要了是不是？砍死你！

顧臨把袖子抽出來，順手理了理他的衣服，「這麼大的人了，過年十三，都要定親了，還這麼孩子樣……」

古代人不是最講究避嫌嗎?!御姐兒妳離那小破孩遠點！二爺的大臼齒已經磨得有點動搖了。

「不是嫂子看準了，我才不要訂什麼親……」瑄哥兒咕噥。

「胡說什麼？」顧臨喝斥，「讀書反而越讀越沒規矩。見到二哥到現在還不問好？」

瑄哥兒不情不願，僵硬異常的上前見禮，「弟弟無狀，見過二爺。」

我可以叫你跪安嗎？或者更乾脆叫你滾？二爺心底大段大段的腹誹。但他是大人，是吧？這身過年也二十三了，前世也將三十，不管用穿前穿後的年紀都不該跟這小破孩計較……

所以他盡量完美的回了個半禮，咬著牙回，「瑄哥兒客氣了，自家兄弟何必多禮。」

但這小子讓他火大，很火大！居然用一臉狐疑震驚兼見鬼的表情瞪他！

「嫂嫂，」回過神來的琯哥兒又搖了搖顧臨的袖子，可憐兮兮的說，「我的屋子在哪兒呢？又冷又累，弟弟還沒吃飯呢……」

「呀，都過午這麼久了，還沒吃？」顧臨摸了一把他的肩膀，可憐見的瘦，「甜白，讓陸娘子做碗麵來，看廚房什麼方便先端點點心給五爺墊墊肚子。哦，就送到五爺的屋裡。」

想想這兩兄弟劍拔弩張的，還是私下好好囑咐一下這個小叔子好了。她回頭跟二爺說，「瓔哥兒，我送琯哥兒去他屋裡。你先歇個中晌好不？」

不好！二爺真的很想這樣吼。但他是個成熟的大人……非常成熟的大人！他雖然非常想生剁了那個小破孩……但總不能跟個小破孩吃飛醋吧？

「嗯，去吧。我再看會兒書……缺了什麼……跟、跟哥哥說。」二爺勉強擠出一個笑，等顧臨領著琯哥兒出去，他險些把手裡的書扭爛。

他以男人的禽獸程度發誓，那小破孩若不是年紀太小，早就對他老婆生出不利御姐之心了！

好吃不過餃子，好玩不過嫂子……呸呸呸，他怎麼好死不死想到這段台詞。

這廂有個自詡成熟卻幼稚得幾乎憋出內傷的二爺，那廂卻有個的確幼稚的半大小夥兒發出痛心的哀號。

「什麼?!」瑄哥兒幾乎哭出來，「嫂子……妳讓我找的故題不是給小舅哥的?!」他簡直搥胸頓足，「這不是明珠暗投，是給豬八戒吃人參果啊！嗚嗚嗚……我死皮賴臉的巴結先生和學長容易嗎?!……」

顧臨默然無語。她家小弟自幼讀書，穩紮穩打，下得是死工夫，哪需要這種旁門左道的法子。她實在不好意思說明是自家極品紈褲夫君要的，只含含糊糊的寫信去問。

迴響會這麼激烈，原來是大家頂天立地的誤會……

「你二哥遭這麼大罪，能醒悟過來，上進了，是好事。」顧臨簡單的說明前因後果，「他連說話都重頭學起，以前的事都忘了，已經改得很好。反正你也要下春闈試試，跟二哥一起砥礪不是很好？」

「二爺。」琯哥兒不屑的糾正，「我看他是哄嫂子的，鐵是裝的！」

我有什麼可以給人哄的。顧臨默想。還是皺著眉，「是二哥！書越讀越回去了……」

琯哥兒委屈得不得了，抬起下巴的疤痕給顧臨看，「娘……不是，嫂子，看到沒？這就是喊『二哥』的下場。那年我才五歲！」

顧臨為難了。這事她聽說過，年少的二爺暴躁兇殘，被寵得極壞。不知道哪兒受了氣，硬鬧著庶弟不能喊他哥哥。五歲的琯哥兒不知道前因後果，喊了一聲二哥，被踢昏過去。幸好只是留下一個疤，沒傻了殘了。

「嫂子保證，你二哥真的不同了……再不會不講理。」看琯哥兒一臉不服氣，顧臨嘆了一聲，「你就算不信你二哥，也該信嫂子吧？」

剛好甜白把麵端進來，琯哥兒正在長身子，正是饞得兇的時候，剛邊跟她跳腳就邊吃掉兩盤點心，看到熱騰騰的麵眼睛都放綠光了，稀哩呼嚕吃得一額一頭的汗。

書院是不會苛刻學子飲食……只是這年紀的孩子特別不經餓，猛長個子，也不長肉。「吃慢點，不夠再添……零用錢是不是不夠？也不寫個信回來說……書院例飯不夠吃？捎去的衣裳還夠穿嗎？……」

這個家，只有嫂子對他好……他知道。跟誰扭也不會跟嫂子扭。

「知道了。」他低聲嘀咕，「二哥就二哥，我不為讓嫂子難做。」

多年的隔閡，也不是簡單就能化解的。不過她嫁過來謝家才五年，小叔子小姑子不都待她不錯？人心都是肉做的，事在人為嘛。

「晚上過來吃飯吧。」她和藹的拍拍琯哥兒的肩膀，「等等泡個熱水澡解解乏，被褥衣裳都是新的。小六子留下，把五爺照應好。」

琯哥兒咬著脣，好一會兒才勉強點點頭。

當天倒沒能在浩瀚軒吃飯，而是謝家老爹特別開恩，一家人聚在一起在慈惠堂開桌。

大燕朝的民風比較開放，男女之別比較寬鬆——當然累代世家例外。姨娘服侍主母吃飯，那是應該，因為姨娘於主母是婢妾，但也不是必須。一般來說，為了表示寬和大度，姨娘是沒資格上桌吃飯，但也少有主母讓姨娘在旁服侍。

至於兒媳婦侍立婆婆用餐，那是鄉下土財主才會有的破規矩，顯擺婆母威風的。

官宦人家和世家豪族，覺得把媳婦當婢使喚是很丟人的事情。有點身分的人家，婆媳相鬥通常是鬥心眼，彎來拐去耍陰的，表面上還是婆慈媳孝。

謝夫人可說是當中奇葩，使人上前甩兒媳耳光……雖然沒甩著。

說起來謝夫人孫氏，其實是個好命的。在家是唯一的嫡女，嬌慣得不得了。除了新婚那兩年讓婆婆謝太夫人拿捏得厲害，在心底留下深刻的陰影，但也不曾挨過婆婆一根手指頭。之後隨夫外放，海闊天空。雖然家裡有姨娘，還有庶子庶女，但後宅事唯我獨尊，丈夫只嚴厲叮嚀切不可鬧出人命，也就不再多加置喙。能順著她的時候，也不多加計較。

大概她順心順意的後宅人生中，只有兩件事情讓她很痛苦。一個就是生子琯的吳姨娘，那還是丈夫在京城的老師送的，年輕貌美的狐媚子，手段無限，差點兒把老爺的心整個奪去，幸好是個沒福，生個孩子就死了。

另一件事情就是……她的親親瓔兒，討了那麼一個不賢慧的媳婦兒，把兒子的心攏得死死的，兒子丈夫偏偏都偏著她，讓當婆母的拿捏不住，非常痛苦。

只是很久不見小兒子的謝尚書抬頭，看著上前見禮的子琯，卻是一愣。小的時候還看不出來，現在長大了些，那眉眼梢頭……像是吳姨娘音容宛在。

他這個大燕朝古板守禮要臉面的大丈夫，和愛情最接近的，就是納了吳姨娘。那時他當京官有段時候，卻一直在禮部侍郎原地踏步。京官的圈子也不是容易打進去的……雖說他老爹曾是太子太傅，卻屬於翰林清貴一派，和六部的實事官沒什麼來往。

別人還有個賢內助搞夫人外交，他只能希望自家夫人不要扯他後腿就好。那時他還沒學會養清客幕僚，有很多京官的裡規則也不懂。他的門師看不過去，才把書房侍奉筆墨多年的婢子送給他當姨娘。

那時他手上有個隱密的會考舞弊案，是個剛出爐的燙手山芋。禮部上下都冷眼想看他笑話，卷宗浩大，他一個人實在擺弄不過來。是這個世門官家婢出身的吳姨娘幫著他理卷宗，提點規矩。難為一個姨娘識字，寫得一手纖秀的簪花小楷，京官的門門道道，都一清二楚。

他能妥善處理這樁舞弊案，真正進入理事官圈子，後來甚至成了禮部之長，吳姨娘實在功不可沒。

沒錯，他實在是太偏寵了些……不過一個月他也依足規則，只在吳姨娘那兒歇五夜而已。他實在覺得，已經很尊重妻室了，殊不知，妻妾之間，遠遠不在歇幾夜，而是人心向背。

向來對女人不太上心的謝大人，在吳姨娘紅顏薄命的因產而死後，好一段時間心灰意冷，痛苦得連還是嬰兒的子瑲都不想看，之後再也不聞不問。雖然不應該，他總是怨的，怨那孩子害死了他最看重的女人。

一晃眼，她的孩子這麼大了，長得這麼明媚俊俏。還以為自己忘了，原來沒有忘，只是埋得很深，很深。

子瑲腰彎得有點疼，心底直打鼓。我做什麼了我？心底不斷嘀咕。他很少見到他老爹，老爹見到他沒事也要發脾氣，橫眉豎眼。很小他就知道不受爹待見，嫡母沒把他整死就是老天保佑了。五歲前還有個護得死緊的奶娘，奶娘沒了他就知道有吃不完的苦頭……幸好沒兩年，嫂子進門了，不然他哪能活到這麼大？

這又怎麼了？整人也不是這個時候整吧？二爺也嘀咕。他雖然很醋這死小鬼太黏老婆，基本上還是個正直的人。小子又沒幹啥，古人的禮又煩，這腰半彎不彎比半蹲痛苦哩。

「爹，」他清清嗓子，「弟弟跟你見禮呢！」

謝夫人狠瞪二爺一眼，謝尚書如夢初醒，「哦哦，起來吧。」

二爺挨那一個狠瞪莫名其妙，回頭求助似的看著顧臨。看她安慰的笑笑，心知沒做錯啥。這天也真是反常得緊，自從來到這鬼時代，就沒見過他老爹這麼和藹可親、如沐春風。

待他親切，待五弟更親切。頻頻讓侍女幫他們倆兄弟夾菜，後來還興致很高的傳酒。顧臨忐忑的起身說明二爺還在吃藥不能喝酒，公爹也沒有生氣，問明了可以喝茶，就讓二爺以茶代酒，父子吃吃喝喝，談文論詩，指點江山。

二爺炸毛，琯哥兒更炸毛。小五爺才十二歲，頭回喝酒呢，又被他老爹的態度搞了一個受寵若驚，如坐針氈。幾杯酒就把他灌得躺平。

謝尚書傳人抬春凳來，還罵了婢女不機靈，不知道要帶個薄被。把自己的披風取來，親自蓋在小五身上。

第二天，酒醒了。琯哥兒一個激靈，天才濛濛亮就去他哥的房門口團團轉。轉到甜白領著小姐妹過來，才知道轉錯門口，衝到東廂猛敲門。

剛漱洗梳妝好的顧臨詫異的看著他，「琯哥兒，怎麼了？」

「昨兒個、昨兒個……」可憐的小臉皺成一團，心有餘悸，「爹那樣是不是……嫂子，我若沒考上童生，爹會不會生扒我一層皮？那頓，不會是斷頭飯吧……？」聲音打顫得厲害。

公爹是禮部尚書，又不是刑部尚書。再說你爹只是標準男主外女主內，不問家事，考不上童生而已，又不是謀反，公爹幹嘛大義滅親？

不過再怎麼不對盤，兄弟就是兄弟。昨兒晚瓔哥兒賴在東廂，抱著她也惶恐異常，肉湯討了又討，不是她拳打腳踢的制止了，差點就被辦了。

琯哥兒擔心是斷頭飯，瓔哥兒咬定是口蜜腹劍，笑裡藏刀。很一致的認為考不上童生絕對會死定。

結果超級不對盤的兄弟倆，決定先把仇恨放在一邊。滿懷心事的拚命扒飯，吃掉了一大鍋粥，就往書房衝去，頭碰頭的開始商研如何投機取巧的考上童生。

人家是斯文的朗朗讀書聲，他們家讀個書不但粗魯，而且動靜其大無比。站在書房外聽壁角的顧臨默默的想著。

琯哥兒一聲大笑，「二哥，我剛進書院九歲那會兒，字寫得比你好看得多。」

瓔哥兒頓時大怒，「你學多久我學多久？我學半年有沒有？有沒有?!笑什麼笑？牙齒白？再笑我就不教你怎麼考試……」

「你教我考試？哈！二哥你還是教我吃喝玩樂吧……算了，那個爺還不屑學……」

「門縫裡看人，你把人瞧扁了！」瓔哥兒更火，「爺不露一手，你破小子還不知道爺的本事……」

兩個人的聲音漸漸輕了，安靜了。好半晌琯哥兒的聲音異常驚駭莫名，「哥、二哥……你、你你你……」

「我什麼我？書來不及讀好，考個試還能準備不好？……」

兩個嘀嘀咕咕、商商量量，反而是瓔哥兒教訓人的時候比較多。甚至勃然大怒，

「你豬頭啊！這是論說文，論、說、文！題目沒看懂破個鬼題……會破題了不起啊?!後面的呢？豬腦袋，沒自己想法啊？」

「哥你敢說我，你這大白話……比話本還話本兒！而且這個典不是這樣用……」

「那你說怎麼用嘛，不然我幹嘛教你怎麼考試？先生回家過年了，既然你書都讀熟了，自然是等價交換，我教你怎麼考試，你教我怎麼用典……」

甜白怯怯的輕輕扯了扯顧臨的袖子，很小聲的問，「爺跟五爺……讀書還吵架呢？」

顧臨微微一笑，往前走了，後面一群屏聲靜氣的小丫頭。在小丫頭心目中，讀書是神聖的，讀書人是讓人尊敬的。但今天她們小小的信仰有點受到動搖。

等遠了小書房，來到顧臨專用的大書房兼藥房，她才閒閒的說，「其實都有，當然吵架的成分比較多。只是吵架的種類很多種……有的是越吵越糟，越吵越離心離德，互為仇寇。但也有越吵越好，越吵越上進，越吵越親的。」

甜白想了一會兒，點點頭。爺和五爺能不能越吵越好，她是不清楚。陸娘子和她家漢子劉拐，沒能一天不吵，賊婆娘殺千刀的喊，可娘常嘆息沒人比陸娘子享福。劉拐是在外面跑腿的，得點賞錢，沒捨得喝口小酒，都塞給陸娘子。陸娘子省吃儉用，盡把劉拐打扮得體面了，還時不時打個一、二兩酒給劉拐解饞。

這麼多年了，陸娘子沒懷上。趙婆子跑去慫恿劉拐買個小的，結果讓劉拐拿著棒槌打出去。

「人與人不同。吵也不見得感情差，笑也不見得肚裡沒把刀，奶奶，是不是這個理？」甜白仰著小臉問。

顧臨讚賞的摸了摸她的頭，「咱們甜白果然是我的心腹大帥，一點就通，都快可以出師了。」

「奶奶，奴婢不要出師。」甜白揉著衣角，「將來還要給奶奶當管家娘子，以後給小少爺、小小姐當嬤嬤。」

這丫頭，年紀小小志不小呢。跟瑄哥兒一般大而已，卻聞一知十，肯自己用腦子。有些心大的丫頭，這麼點年紀就會想辦法在爺面前晃……不是她讓小六子去照應瑄哥兒，真有些丫頭天天轉著探頭探腦。

甜白倒是最有機會湊，卻只往她這兒湊。

「別白羨慕了，柑橘皮都收了來？等等咱們藥丸兒弄好了，我教妳幾個字兒。少奶奶的心腹大帥，怎麼能當睜眼瞎？」顧臨笑著說。

甜白高興的蹦了一蹦，才不太好意思的福禮。其他的小丫頭倒是羨慕得緊，可沒辦法，誰讓甜白是奶奶眼前頭一份兒。

這個和甜白丫頭同年紀的琯哥兒倒是一整個天雷滾滾、震撼莫名了。

他的奶娘是太夫人親自派來的，難得懂得識字斷文的婦人。可以說剛學會說話，就讓奶娘抱在懷裡學認字。他和那個同是庶子的三哥年紀相差太大，明面上沒有往來也沒有交往。

嫡母是看也不想看他，冷著。三哥可是苦頭吃盡，自身難保。可三哥會送一堆破書爛筆給他「引火」，書雖然翻得破了捲了，裡頭密密麻麻都是快看不到行縫的親筆註解。

他的份例沒有紙墨，就是三哥給來「引火」用的爛筆沾了水，在牆上懸腕著練字。小時候吃不起這種苦，還真跟奶娘哭鬧不休。

後來奶娘沒了，他啼哭不已，挨了嫡母一頓家法。三哥頭回跟他說了一句話：「在這家，只有把書念好才有活路。」

他本來懵懵懂懂，只知道奶娘囑咐他要讀書上進，三哥一句有活路，就算是餓一頓飽一頓，他也一直沒把書本放下過。

直到三哥終於揚眉吐氣的金榜題名，攜妻外放當官，他才真正的領悟到，原來是這樣的「有活路」！

所以他一直很用功，非常用功。他以為四書五經爛熟，就能給自己搏一個不凍不餓的前程！

沒想到他那暴躁紈褲的二哥，讓他瞠目結舌，大開眼界。原來光把書讀好還不夠，更有許多旁門左道啊！

聽說瘋傻過的二哥，不知道是一棒子敲開了竅，還是膽大心黑非笨蛋所能為。總之，他將收集來的所有所有陳題、窗課，名為歷代題庫，分門別類。只問出題所問的大方向，根本不管出自何經何典。

舉凡策論，不出那幾個大方向，不是問治民治軍，就是吏政財用……林林總總，也就十來類別。歷代考官出題，或三五字，也有數百字的。二哥逼他學的，就是先把題目讀懂讀透，然後不看別人怎麼策答，而是先打個草稿理清思路，然後對照別人的策答，或合或否，再次修正，然後按著新草稿引經據典。

「起、承、轉、合！懂不？說白了就是要充滿邏輯的去唬爛人！考官從四書五經哪兒出題關你屁事，讀懂題目！反正也就這麼十幾大類，大白話也沒關係，反正是草稿……引經據典來湊的時候背那些就好了，少背多少啊……童生不會太難，真的，也就第一關，算幼稚園入門考而已……」

「……二哥，你像是考了幾百次童生似的。」琯哥兒嘀咕，然後感嘆，「二哥你早點挨棒子就好了，早知道我自己敲。原來打破二哥腦袋就開竅成個人樣了……」

誰是你那倒楣黑心爛腸紈褲賣春藥的混帳二哥啊?!久違的悲吼又在可憐的二爺心底爆發，回音陣陣。

他想上訴，他想辯駁，他想呼天搶地。很可惜，他什麼都不能。

「……你也想開開竅？」瓔哥兒臉色鐵青，「我幫你。棒槌還是厚背刀，你可以自己選。」

* * *

這兩兄弟感情越來越好了。顧臨停了藥杵。只是聲音也很大，聲震廣大的浩瀚軒了。

吩咐甜白繼續盯著製藥流程，她往廚房走去。

以前的二爺她想都不敢想，但現在的瓔哥兒真的當得起「好哥哥」這名兒。吼是吼得很兇，管頭管尾的，但自己用功，也盯著琯哥兒用功。不但管唸書的事情，還硬要琯哥兒和他一起學什麼太極。

照瓔哥兒的話是，號房❻其苦無比，強身健體是重中之重。滿腹經綸卻昏倒在號房壯志不得伸，那叫做人生慘劇已經不能稱為悲劇了。

琯哥兒嘀咕歸嘀咕，嘴裡頂著，還是跟著畫虎成貓的伸胳臂腿。

「死老百姓！下腰不會啊？罰你五十個伏地挺身！」瓔哥兒吼。

❻號房：古代考試的考場，每位考生皆在一獨立的考間應考，凡是寫作、坐臥、睡寢等皆在這一方小天地。

「二哥你又下得比我好到哪？要伏什麼身的，我五十你最少也得二十五！」琯哥兒嘴兒很順的頂回去。

經過的顧臨瞥了眼小花廳的窗縫，哥兒倆五十步別笑百步，她一隻手讓他們倆都夠了……何況下個腰。

不過兩個待考生緊張兮兮，連年都沒得好生過，心都拚在讀書上，讓公爹好一陣誇。這哥倆也奇怪，被誇了冷汗涔涔的回去更刻苦用功，還在嘀咕什麼斷頭飯扒皮抽筋，讓她好一陣子笑。

雖然是過年，但還有幾個廚娘輪值。她也就需要有人生生火，自己打理一桌菜還不是難事。不過甜白帶出來的小姐妹們實在太伶俐，挑菜打水都不用她，有心學她就有心教，有個叫如意的還學了她六成刀工，似模似樣的煎煮炒炸，算不錯了。

其實她還滿愛做菜，只是像她這樣的少奶奶沒能常沾油煙而已。過年才有這機會天天下廚，還不見得能沾多少手。兩兄弟忒期待吃飯，兩眼直放綠光，餓虎撲羊似的海嚼猛吃，常吃到吵架兼打架。特別是她細火慢熬的補湯，搶到翻桌過。

後來她乾脆燉兩盅子。誰知道這兩個還會挑誰的肉多一塊，誰的湯比較滿。

後來她才明白，一桌菜，有可能不是她親手做的，頂多調味。但補湯一定是自己做的，這兩兄弟才計較得厲害。

她覺得好笑，總是讓廚房多準備點好剋化的點心，變著樣子換茶。茶葉雖好，太嗜容易少眠血虧。難為這兩兄弟不甚挑，給什麼吃的喝的都下肚……能吃得下總是好的。

這麼精心補養了一個多月，琯哥兒就多長了點肉，不再瘦得那麼可憐。正是不耐餓長身子的年紀，好吃貪睡。好吃好睡以後，氣色紅潤，那臉龐俊得像是畫中人，眉眼如描似畫，真真面如桃花。要不是打小兒苦，多了幾分憊懶無賴氣，硬生生損了三分俏，倒多了五分傲。

不過這樣也好，面容已經有點偏女氣了，這點兒年紀有些無賴和傲氣，白玉有瑕才好，不惹禍。

她是很可憐這個小叔子，總讓她想起家裡的幼弟。只是瓔哥兒疼弟弟歸疼，時不時吃點飛醋，讓她啼笑皆非。直到除夕，她費心繡了兩個荷包給這兩兄弟——沒辦法，這兩個就愛攀比顧臨疼誰多點——瓔哥兒是並蒂蘭花，琯哥兒是單支蘭蕙。

別為難她了，她的針線真見不得人，這兩個荷包就讓她從臘八繡到除夕。

瓔哥兒高興還在意料之內，結果瑄哥兒樂著樂著掉眼淚，哽咽著說，「謝謝娘。」

本來一屋子熱鬧，突然寂靜下來。

瑄哥兒不太好意思的用袖子抹了抹淚，好一會兒才醒悟過來，「那、那個，我、我我我……我是說謝謝嫂子！」

瓔哥兒十二萬分之不厚道的拍案狂笑，笑得岔氣咳嗽，笑得瑄哥兒臉孔鐵青，同在屋子裡的丫頭小廝憋著竊笑，更讓他的臉孔色度一點一滴的暗下去。

就這樣瓔哥兒也沒放過他，拍著瑄哥兒的肩膀笑到嘶鳴，「瑄、瑄、瑄哥兒……好弟弟……敢情你是缺乏母愛啊！可惜這名分兒……我不能讓你喊爹！」

惱羞成怒的瑄哥兒撲身就上，帶倒了桌子，一整個碎碎平安。笑得發軟的瓔哥兒只架著沒挨拳頭，「娘、娘子啊，快來管管妳的兒！」

鬧過那次以後，瓔哥兒就不飛醋了，不過把瑄哥兒管得跟兒子一樣，瑄哥兒恨得什麼似的，頂嘴越頂越順，一天不對吼個幾句就牙癢癢了。

這樣費腦費心，還讓他無良二哥逼著練身，琯哥兒往往吃完晚飯就呵欠連天，還得小六子看著才不會睡在浴桶裡。往往洗完就倒在床上人事不知，畢竟年紀小，正貪眠的時候。

瓔哥兒到底是成年人，沒那麼早睡。而且他每天晚上還得刺針引黑血，很要吃點苦頭。所以吃過飯硬賴在東廂不走，憐惜他吃苦吃得很，顧臨也就由著他賴躺在腿上，左手中指插著針，順著針上的棉線慢慢的滴出黑血在小瓶子裡，她也慢慢的揉著瓔哥兒總是紅腫的右手。

這棒子竅也打得太過頭，一股子這麼狠的擰勁兒。書法這回事兒怎麼會是一夕之功，誰不打小兒練個三年五冬才有點樣兒。半年多，這手就沒有一天不是腫的。之前破皮流血結痂，現在終於成繭了。但還是練得那麼狠，天氣又冷，腫得一根根指頭都是胖的，真怕把手筋給寫傷了。

所以她總是揉得很慢，很細。一個個穴道慢慢揉開。

「御姐兒，」瓔哥兒聲音懶洋洋，燭火照得他臉似紅暈，「一整天我最喜歡這時候。」

「那麼喜歡挨針兒？」顧臨故意誤解他的意思。

「挨針是難受。」瓔哥兒承認。他不知道這個療程這麼長，這麼難過。不知道洗腎是不是這滋味。「但可以不用綰髻綳著頭皮，自在的光著腳丫子，看著妳……妳這麼揉著我的手，我就覺得什麼苦都沒白吃。」

顧臨微微一笑，從手揉到手腕，端詳著嫁了快六年的二爺，瓔哥兒。

瑨哥兒長得好……但瓔哥兒長得更好。瑨哥兒是俊俏，瓔哥兒卻是俊逸。長眉鳳眼，鼻子挺，五官英氣得很。就是嘴脣薄了些，眼角帶了點勾。眼角一勾，嘴角一斜，邪佞得像是天生的壞胚子。

明明好好的鳳眼，這勾真不好。

只是瘋傻過後，這俊俏壞胚子的臉，常常出現可憐兮兮的茫然，和不搭調的憨厚傻笑。有時發了火，長眉一豎，邪媚的眼角卻勾出凌厲，莫名覺得英姿煥發。

有時候會有點迷惑，當初我嫁的是這個瓔哥兒嗎？可她雖嫁過來那麼久，見到二爺的時候一隻手數不滿，她也不是那麼確定了。

知道他之前許多事情，簡直是無惡不作……真不該原諒他。

但這傻二爺……比她震驚，比她憤怒，比她還生氣捶胸頓足，羞愧得無地自容……她就想，算了。

以前的二爺，算是那棒子打死了吧。現在的瓔哥兒，願意為她改，願意為她吃苦。

一個女子所能求的最多不過就是如此。不樂壽，不哀夭。

此時此刻柔情滿懷，她從來沒想過自己還有如此溫柔纏綿時。

要往胳臂揉時，瓔哥兒反過來握住她的手。「行了，妳手一定痠死了。」

顧臨靜默，幫他拔了針，收拾了下，將他扶起來，把溫著的湯藥餵給他喝。還是眉也沒皺的一口喝乾，只漱了一下口。

「瓔哥兒，」顧臨聲音很輕，「其實，我一天也最喜歡這個時候。」

揉搓著顧臨長長的頭髮，瓔哥兒表情很滿足。他湊過去，一點點一點點的啜吻顧臨軟軟的唇。

這是軟糖，還是最甜的那種。最重要的是，只有他才嚐得出那種甜得要命的味道。

*　　　*　　　*

很快的，春闈就將近了。

原本春闈要赴原籍會考，但是有官身的家庭，多了一個官籍的選擇。不過京官通常會將子弟送回原籍會考。畢竟大燕朝的科舉身世佔六、會考佔四。京城什麼最多？高官最多！不但高官多，皇親國戚、勛貴世家更多！

禮部尚書謝大人正二品的官兒，禮部之長，聽起來很大對吧？但在京城，就是個平平的家世。京城裡的貴門子弟誰不想考點功名鍍金？所以京畿的春闈最難考，除非肚子裡真的很有料才行。

這也是為什麼謝尚書會把四爺送回老家，穩穩考個秀才的緣故。畢竟在杭州老家，當時還是從二品的他，這個身世還是很希罕很加分的。

但他實在不敢把這個讓他頭痛，很容易讓全家掉腦袋的二爺送回老家考試……是，差點死過一回開竅了……別忘了還差點鬧出私造軍械、滿門抄斬的事兒啊！山高路遠，誰知道這次會不會招個連誅九族的禍事？官籍考好，在京畿考就好！反正也沒指望他考得上，有這份上進的心就是祖墳冒青煙了。

至於小五，過年才十三。考得上才怪。只要先了解一下春闈是怎麼回事，感受一下氣氛，知道自己有些什麼不足，有個經驗，那就行了。年年有春闈，又不急這一兩年。大點有把握了，再送回老家考就好。

不怕考不上，他們老爹還壯年呢，等得起。兩個孩子能用功到這程度，他很滿意了！

謝夫人沒得表達母愛，倒是滿京華的寺廟都拜了一遭，護身符、佛珠佛像啥的一大堆，當然都是給二爺的。瓔哥兒倒是都拜領了，隨手轉給顧臨扔庫房，硬被逼了一碗符水，好在只拉了半天肚子，沒出什麼大事。

琯哥兒倒是樂了，「現在發現，沒娘倒也不全是壞事。」讓他二哥滿院子追著打了幾下。

顧臨倒是一件件的收拾考籃，還得備上兩份。謝夫人備的只有一份……也可以扔了。別說大半帶不進闈場，光那些精美的燕窩魚翅美食佳肴，隔夜就都餿了，之後吃什麼？

她隨著祖母幫小叔叔收拾過考籃，怕日久年深忘了，很早就寫信給弟弟妹妹問怎麼備考籃。人多力量大，建議詳實又精緻。

雖然覺得很吃苦，還是備了能久放卻不怎麼好吃的乾糧。紙筆墨硯，有多的沒有少。其他種種，也一一備齊。在宅門生活，她向來謹慎，所以不隨便給人製藥。現在也容不得她藏拙。所以她備種種丹藥，還花大錢雇人磨了好幾個水晶小瓶，就是讓人一目了然，知道裡頭就是藥丸子，沒能藏別的什麼。

她一樣樣的翻出來交代，水晶小瓶是刻著字的，一看就知道是什麼藥。有之前給過的香津丹，也有治肚痛腹瀉的保寧丸，還有治暈眩的人馬平安散。一人一個香囊，裝的是絞碎的薄荷葉子，去穢惡的。

兩份考籃幾乎相同，只有瓔哥兒多幾個水晶小瓶。他還在用的湯藥已經改製成丸藥，比較為難的是引針拔毒吃的苦比較小，用藥就不免要嘔黑血，吃的苦頭就大了。叮嚀著兩兄弟，自己都覺得囉唆。結果這一大一小都默默聽她嘮叨，一個字也沒說。自己倒是越講越心酸，眼眶漸漸澀起來。

聽說考試的號房就那麼丁點大，睡覺腿還伸不直。吃喝拉撒都在裡頭。每年都有考生在春闈病倒一大片，還有人死了。

琯哥兒小小就吃苦，現在才多大點兒就得去受罪。瓔哥兒病還沒好利索呢，天天得吃藥催血……能熬過來麼？

「娘，」琯哥兒哽咽了一下，「不是，嫂嫂。我會照應著二哥。」

「要你照應我就慘了。」瓔哥兒勉強笑笑，「得了。我最怕妳哭……別是哭了吧？我要給妳掙誥命呢，多大事兒？這才是第一關而已。」

瓔哥兒扯了扯琯哥兒，一人提著一個考籃，瓔哥兒牽著琯哥兒上馬車，低聲說幾句，兩個一起扯了個比哭還難看的笑，對著顧臨揮手。

一直很淡定從容的顧臨總算是極盡所有修為，露出一個很美的笑容，但馬車一走遠，淚珠兒就管不住的滾下來。

她也很想知道，自己到底是在哭什麼。說不定她那些老莊和經書都白讀白抄了。她也就一般世間女子，只想著守著家，有夫有子，為他們喜，為他們憂。

真是沒用。枉費祖母破例教了她一場的苦心。

春闈那幾天，甜白很憂鬱。

因為奶奶總是動個幾筷子就擱下，怎麼勸都沒用。藥房也不去了，書也不看了。頂多就自己提荷塘水來澆澆那幾盆寶貝蘭花。最喜歡做的事情，就是開著窗，散髮赤足的坐在羅漢榻，望著天空發呆。

向來是爺和五爺黏著奶奶，也不見奶奶多麼上心。怎麼去考個試，幾天不見，奶奶魂都沒了？

要不是春闈才三天，甜白覺得自己也快愁病了。

結果一看二爺牽著五爺進來，一疊聲的喊著要洗澡，甜白嚇了個不輕。難怪奶奶像是掉了魂……這該是吃多大的罪啊？才三天，二爺和五爺瘦了整整一圈，一身氣味，滿臉蠟黃。

少奶奶看到他們倆就哭，一手牽著一個，害她也覺得眼睛酸酸的。

幸好她還記得她是奶奶的心腹大帥，硬生生將眼淚憋回去，脆聲著張羅熱水和飯食去了。

痛快的洗澡洗頭以後，這兩個把頭髮擦個半乾，就笑嘻嘻的擠著跟顧臨說長道短。但怎麼問，這兩個咬死都說號房沒那麼嚇人，一切都好。他們倆常備藥都沒用上，但是散給左右，救了幾個嬌生慣養的可憐蟲。

顧臨還要再問，這兩個有志一同的喊餓，狼吞虎嚥的搶菜吃飯，東拉西扯的把話題岔掉。

後來考試的結果讓他們老爹謝尚書找了很久的眼珠子，京城裡許多人家都跌了茶盞。

親自去看榜的琯哥兒回來笑了個前俯後仰，斷斷續續的說，「嫂、嫂子……哥的名次倒好找……第一！」又狂笑了好一會兒，「倒數就是了……」

丸藥到底不如湯藥，又用藥逼血，瓔哥兒幾天病懨懨的還在調養，不能自己去看榜，使勁兒剜了琯哥兒一眼，粗聲惡氣，「好歹我考上了！你呢？別在我後頭吧？」

琯哥兒得意洋洋，故做謙虛貌，「哪能呢？弟弟我的名次就比較難找了……十五。讓我找了好一會兒……當然是往前數！」

謝尚書倒是被恭喜得茫然。不可能的吧？他家那兩個幾斤幾兩他不知道？學院的先生是寫信跟他誇過瑄哥兒勤奮，日後必有大成……那可是日後啊！瑄哥兒多大？這是京畿春闈欸。

瓔哥兒更不用提了……多久前還是京城無惡不作的紈褲一霸啊，還跟人爭風吃醋打破頭瘋傻了。使勁兒讀書還沒一年呢，那手字……他都不好意思承認是自己兒子。就算是倒數第一……那也是考上了童生啊！

但讓謝尚書更茫然的事情還在後頭。童生試之後還有鄉試、院試，京畿什麼試都是一等一的難，自不用提。他那兩個兒子，病的病，小的小，攜手一起去考了。

小的瑄哥兒勢如破竹，院試差點兒把案首給拿到了，飲恨退居第二。病歪歪的瓔哥兒，鄉試、院試都牢守倒數第一，硬擠上榜末了。

也就是說，他這兩個兒子，全成了秀才。還是全天下最難考的，京畿秀才。

他愣愣的看著跟他恭喜的同僚，好半天找不到自己的聲音。狠狠地在大腿上擰了一把，痛得要命，他才確定不是在做夢。

可讓謝尚書更暈的是，皇上召見他了。

難得看到皇上不耍帝王心術的高深莫測，滿臉笑容。大燕朝還不流行跪禮，見皇帝就唱個肥喏（腰很彎，揖得很深），而且皇帝賜座是很平常的事情，不是什麼特別大的恩典。

畢竟此刻大燕朝開國百年有餘，還歷經了太祖威皇帝、高祖、高宗三代努力才算天下太平。此任皇帝號寧帝，取與天下養寧生息之意。開國不算久，銳氣還在，就沒那麼苛刻的以臣為奴。

皇上心情很好，真的很好。對眼前的禮部尚書謝大人，也越看越滿意。這人在什麼位置就該幹什麼事兒，不是腦袋一昏，只想著千古流芳當什麼直臣忠臣。

之前禮部尚書還不是謝大人的時候，他真要被禮部那群死老頭兒氣死。你說說看，這皇陵蓋得小一點，有關係嗎？不就個墳墓，人都死了講這幹嘛？祭祀禮儀簡化一點會怎麼樣？皇帝省力，百官省心，還能少花點錢，這不很好嗎？還有一堆雞毛蒜皮，當皇帝的真不想講了，酸腐書生真是莫名其妙。

結果呢？那群腦袋一昏的混帳，口口聲聲祖制，言言詞詞禮法，皇上一皺眉，還沒說不呢，就爭先恐後的撞柱子……你們不要腦袋，皇帝我還心疼柱子的修繕呢！金鑾殿的柱子你們傷不起啊！那可是很貴的！

那陣子皇帝真是心酸，酸到不行。還不能讓那群老頭真撞了柱子，只得派滿宦官侍衛把柱子看守起來，起碼來得及攔是不？

還好他把謝大人提起來當禮部的頭兒了。這個謹小慎微的禮部尚書，讓他這個皇帝真真切切的了解到，一部之首，就是一部的主心骨啊。人家謝尚書不帶頭撞柱子，皇帝想省錢，他還幫著找祖制……太祖威皇帝最困難時的祖制！估理吧，能比這祖制更合禮法嗎？

終於啊終於，禮部有個明理的頭兒啊。要知道國庫不是金山銀海，沒辦法要面子不要裡子的朝外潑啊！

滿朝文武，要一個忠貞不貳完完全全站在皇帝這邊，還不群不黨，又不跟百官傷和氣，不顯山不露水的孤臣，可要有多難啊。禮部又是個瑣碎卻不可或缺的部門……裡頭還管了科考呢。他是真的很想獎勵一下這個難得的謙和孤臣，讓他入閣拜相……但他把所有備選名單從頭看到尾，只悲觀的覺得，換哪一個來當禮部尚書，金鑾殿的柱子只有不斷修繕的可能。

思忖了一會兒，皇帝委婉的表達了他多年在禮部的勞苦功高，也隱約透露了找不到禮部尚書更好的人選，實在應該讓他登閣拜相，位極人臣……

禮部尚書謝大人是什麼人物？滑到不能再滑的官油子。立刻遜謝不止，給皇帝辦事，哪兒不是辦事？再說他老爹謝老太爺曾是皇帝還是太子時的老師，說得深些，他和皇帝還勉強是個師兄弟關係。內舉還是得避親啊，現在謝家已經榮寵太甚，不能讓皇帝的英名再有點兒絲毫瑕疵。

皇帝心底那個舒坦啊，真是太舒坦了。不給老實忠厚的孤臣升官，已經有點過了。人家不但不怨，還搭了台階鋪地毯請他就勢下階啊。

心情放鬆，笑容就更盛，直接進主題了，「謝卿有佳兒啊，京畿一榜兩秀，不容易啊。」

謝尚書的笑容轉苦，「皇上溢愛了，兩個頑劣孩兒都是僥倖。」

「太謙了吧，謝卿。你那幼子謝子琯年方十三，險險奪了案首……這還是讓考選的那群老夫子吵翻了才定案的。將來無可限量。」

「借皇上吉言。」謝尚書恭謹的回答，心底卻開始緊張了。

「讓朕最想不到的，居然是那謝子瓔。」皇上含笑，「這倒數的小三元……莫非真是浪子回頭金不換？」

謝尚書老臉通紅。所謂小三元，就是童生、鄉試、院試連連奪冠，所以稱為小三元。這個倒數的小三元嘛……的確，他家瓔哥兒死守倒數第一，一絲不退，一毫不進。

只這倒數小三元聽起來……實在是搞笑了。

「謝卿何必羞赧？當初子瓔傷重幾乎不治，還是太醫院備案過的。曾經連言語都不懂，朕何嘗不知？現在能個幡然醒悟，奮發圖強至此，可見事在人為，謝卿不可不知足。」

「謝皇上教誨，」謝尚書起坐躬身，「逆子與人爭風幾乎致死，全是臣教誨不周之故，也是逆子自取死路……蒙皇上親遣太醫，才能再世為人。能有些微上進，也是皇上所賜……」

皇上擺了擺手，示意他坐下，自己反而起來踱了幾步。他知道，謝尚書也一定知道，當初逞兇打破謝子瓔腦袋的就是二皇子，皇帝的兒子。也不是什麼爭風吃醋……

謝子瓔雖然販賣春藥，卻死活不敢賣給皇子，這才招來殺身之禍。

他知道的時候，差點活活氣死，立刻把二皇子禁足了半年，削俸三載，還親自去揍了一頓。皇帝是很清楚，謝子瓔不是個東西，但這壞胚子卻是個靈活的傢伙，盡幹壞事卻挺有分寸。沒真的整治他除了怕打老鼠（謝子瓔）傷了玉瓶兒（謝尚書），還有很多其他緣故。

私心說，皇帝還真有幾分欣賞這個膽大心黑、細緻又機靈的謝二爺。那壞小子，春藥、春宮和春書只是順便採辦，真正的大頭是旁學甚多，善於收集情報，門路又廣。一個大小夥兒能弄個情報路子還一點不沾身，敢於買賣還在田裡未出苗的莊稼，一看一個準，賠少賺多，這該是多強悍一人才啊！

是內裡偷天換日的瓔哥兒不在，知道的話，大概會目瞪口呆，拍案大喊一聲，「靠！古代就有人炒糧食期貨兼組織情報網！這前身不會也穿來的吧?!」

其實還真不是。那個土生土長、徹徹底底大燕朝的謝二爺，就是天資穎悟的玩起糧食期貨，兼採辦限制級產品。

只是這在大燕朝太驚世駭俗兼創意新穎了。所以皇帝很欣賞，還等著冷眼觀察幾年，把這黑心小夥子收攏過來。結果皇家那廢物老二，差點一棒子打死了這個未來的暗部頭子。

結果聽了太醫院的報告，皇帝還好一陣子沮喪。人都瘋傻了，話都不能聽懂，未來的暗部頭子就這麼沒了。很中意又很重視的孤臣鬧起來，金鑾殿的柱子是不是又要進入長期修繕……

結果人家謝尚書根本不過問，當沒這回事，硬把事情壓下來。皇帝心知肚明，更愧疚了，只他又不能真一棒把自己兒子也打破頭。

還好這小子慢慢好起來了。皇帝有點自鳴得意，他這個眼光真是準，給謝家引了個不念舊惡的好媳婦兒。看看，看看。誰家能有這種不離不棄的義婦，那壞小子當初還敢不樂意……

咳咳，想得太離題了。

「謝卿，你該覺得驕傲才對。」皇帝從案上取了三份卷子遞給謝尚書，「瞧瞧，自家小子的文章。」

謝尚書恭敬的接過來，一篇篇細讀。發了會兒呆，又仔細重讀一次。

……這小子死過一次換了腦袋？

「生於憂患，死於安樂啊。」皇帝很感嘆，「才過幾年好日子，文人就只會在那邊花團錦簇的當繡花枕頭，看似錦繡文章，其實空洞無物。這小子盡忘前塵，倒是把竅給開了，想法一套套兒的，質樸！若朕是考官，定給個小三元！」他有些歉意看著發愣的謝尚書，「可惜，他的字……實在太難看了。只能當個……倒數的小三元。」

謝尚書眼角抽了兩下，不知道該欣慰的放聲大笑，還是羞愧的掩面而泣。

（臨江仙上集完）

搶先讀

Seba・蝴蝶

蝴蝶館 59

臨江仙 

因為皇上召見，所以謝尚書得以早點下班，滿懷心事的回家了。

進了門，遲疑了一會兒，擺手揮退家用的青布小轎，安步當車的往浩瀚軒走去。

考都考完了，當然院子也不封了。只是還是挺嚴整有法度的，安安靜靜。他知道賀喜的都會往慈惠堂擠去，瓔哥兒據說病了，琯哥兒是庶子，夫人根本不會把人叫去。

他緩緩的走進去，奴僕一一恭敬行禮。這媳婦兒把這院子當得不錯……走到正房邊的小書房，廊下的小廝丫頭悄然無聲，卻都蹲著下棋。

看棋盤兒，大概是爺們習字的廢紙彈墨畫格子的，還用石頭壓著紙角。棋子呢，似乎是撿來的花雨石，大小不一，分個黑白而已。就這樣也下得津津有味，看到老爺破天荒的大駕光臨，慌得都站起來行禮，正要回稟，謝尚書卻揮手制止，自掀門簾進去了。

瓔哥兒和琯哥兒對案而坐。琯哥兒一會兒抓頭，一會兒翻書，一會兒往紙上寫些什麼……大概在練習寫策論。瓔哥兒臉孔慘白，看起來是真病了，卻低著頭，一個字一個字慢慢的練……他想到外放的琪哥兒，五歲時寫得都比他好看。

媳婦兒坐在一旁，皺著眉有一針沒一針的繡花。看那帕子的質料和大小，大概是男子用的……應該是給瓔哥兒的。

還是顧臨先發覺，趕緊站起來喊，「公爹。」兩個兒子遲鈍了一下，才趕緊也站起來見禮。

他點點頭，拿起了琯哥兒沒寫完的策論看了看。果然是個勤奮的，書讀得好，思路也明白，樸實有文采，字骨有點兒飄，還算俊秀。這點年紀已經很不容易了。

又看了看瓔哥兒練的字……很想罵他兩聲，可他不用功嗎？手都寫腫了，旁邊一大疊練過的紙。這字呢，勉強大小差沒太多，沒糊成一團，看得明白……其實吧，說他文章寫得好，那也只是思路清晰環環相扣，書還是讀得太少。說質樸是好聽，直接說書念太少才是真的。

但真正的致命傷，還是這手字。

剛好媳婦兒出去泡茶，他撿起媳婦兒繡到一半的帕子……啞口無言。真不是一家人，不進一家門。這兒子跟兒媳的字與繡，遠看還勉強，近看就慘不忍睹。

顧臨看公爹在看她繡的帕子，捧著茶尷尬得不得了。陪笑著奉茶端點心，謝尚書沒抱什麼期望，意外的茶香點心好吃，詫異了，「浩瀚軒的廚子不錯呀，賞。」

結果顧臨更尷尬，小聲的說，「……回公爹，茶是媳婦兒親自泡的……那碟杏仁酥，也是媳婦兒親手作的。」

謝尚書心情好多了。就是，家裡又不是沒有針線房，哪需要媳婦兒女紅多精緻。能理家懂廚藝，還是比較實惠。

他隨口問問兩個兒子在做些什麼，漸漸的閒聊起來，氣氛溫馨多了。聊著聊著，「怎麼你們院子開始風行下棋？外面聽用的都蹲著下，迷得很。」

顧臨苦笑兩聲，「白站在那兒等著伺候也無聊，只能嚼舌根生事。下下棋學得心眼活泛些，不誤差事就好。」

剛開始她也沒想到會風行起來，就是隨手教了甜白那幾個小姊妹下圍棋。浩瀚軒的主子都不怎麼愛好此道，下人也不知道這風不風雅。只是圍棋要下得很風雅昂貴容易，但要下得便宜簡單也不難。

甜白幾個貼身丫頭，還下得比較講究。是拿茶污過的桌巾洗過繡出格子，兩盒棋子兒還是撿菩提子兒染色的，哪時閒了一鋪桌巾兩個盒子開始下棋。其他奴僕就沒那麼講究，二爺寫廢的紙多呢，跟府裡木匠商量一下，量好尺寸彈彈墨就是一張紙棋盤。京裡盛產雨花石，園子裡就不少，自去撿就是了，挑挑大小，一樣也下得挺樂。

下圍棋麼，也不比打馬吊難。什麼棋譜不棋譜，他們也不懂。最重要的，他們就是單純覺得好玩，壓根兒不知道什麼雅不雅的。

但謝尚書卻非常酷愛下棋，可惜是個臭棋簍子——棋癮很大，卻漏洞百出、盡出臭棋，下得極爛。他養的那票清客幕僚被邀下棋，就愁眉苦臉，千百個不願意。

後來謝尚書很愛蹓躂到浩瀚軒，也不用兒媳兒子伺候。反正好茶好點心缺不了他，隨便逮個丫頭小廝都能陪他下棋。而且這些小孩子挺認真，棋路沒啥章法卻很潑辣，不會故意輸他。雖然文人墨士中，他是個臭棋簍子，但在這些小丫頭小廝面前可高人了。

還真沒想到，能偷得浮生半日閒的所在，居然是他曾經最痛心疾首的兒子院子裡。

國家圖書館出版品預行編目資料

臨江仙 / 蝴蝶Seba 著. -- 初版.
-- 新北市：雅書堂文化, 2013.01
面； 公分. --(蝴蝶館；58)
ISBN 978-986-302-091-2(上冊：平裝)

857.7 101024261

蝴蝶館 58

臨江仙 上

作　　者／蝴　蝶
發 行 人／詹慶和
總 編 輯／蔡麗玲
執行編輯／蔡毓玲・蔡竺玲
編　　輯／林昱彤・劉蕙寧・詹凱雲・李盈儀・黃璟安
封面繪圖／宛兒爺
封面設計／陳麗娜
執行美編／周盈汝
美術編輯／徐碧霞

出版者／雅書堂文化事業有限公司
郵政劃撥帳號／18225950
戶名／雅書堂文化事業有限公司
地址／新北市板橋區板新路206號3樓
電子信箱／elegant.books@msa.hinet.net
電話／（02）8952-4078
傳真／（02）8952-4084

2019年02月初版八刷　定價220元

經銷／易可數位行銷股份有限公司
地址／新北市新店區寶橋路235巷6弄3號5樓
電話／(02)8911-0825　傳真／(02)8911-0801

Seba · 蝴蝶

Seba・蝴蝶

Seba・蝴蝶

Seba · 蝴蝶